Roland Walter

König Roland

Roland Walter

König Roland

Im Rollstuhl durchs Universum

NEUFELD VERLAG

The mark of responsible forestry
FSC www.fsc.org FSC® C017859

Die Deutsche Bibliothek verzeichnet diese Publikation in der Deutschen Nationalbibliografie; detaillierte bibliografische Daten sind im Internet über www.d-nb.de abrufbar

Lektorat: Dr. Thomas Baumann
Umschlaggestaltung: spoon design, Olaf Johannson
Umschlagbild: Sandie Brischler, Berlin
Bilder im Innenteil: privat
Satz: Neufeld Verlag
Printed in the EU

ISBN 978-3-86256-023-3, Bestell-Nummer 590 023

www.neufeld-verlag.de

Folgen Sie dem Neufeld Verlag auch auf Facebook®
und in unserem Blog: www.neufeld-verlag.de/blog

NEUFELD VERLAG

Inhalt

Da ist er – der König der Lebensfreude!

Ein glücklicher und intelligenter König plaudert aus seinem Leben. Roland ist von Geburt an schwerbehindert und ständig auf fremde Hilfe angewiesen. Trotzdem behauptet er von sich, er sei ein König. Ein König der Lebensfreude.

In diesem Buch erzählt König Roland von seinem Leben und davon, wie er es trotz mancher Schicksalsschläge immer wieder schafft, Menschen mit seiner Lebensfreude anzustecken.

Der fröhliche König

Pünktlich schaltet sich die Stereoanlage ein und Musik erklingt. Jetzt ist es dreiviertel acht, weiß der König Roland und versucht, seine Augen zu öffnen. Noch halb im Schlaf erblickt er das Tageslicht und freut sich über die Sonnenstrahlen, die sein Zimmer erleuchten.

Nun ist er richtig wach. Sein Blick wandert durch den Raum und bleibt beim Kalender stehen. »Jeder Tag ist ein Geschenk von dir«, steht auf dem Blatt. Der König Roland dankt Gott für den neuen Tag und lauscht wieder der Musik.

Etwa eine halbe Stunde später ruft er seinen Assistenten. Seine Behinderung nennt der Volksmund »Spastiker«. Roland kann alle Gliedmaßen bewegen, aber unkontrolliert. Und er kann sich jeweils nur auf eine Bewegung konzentrieren. So muss ihn der Assistent waschen, anziehen und ihm das Frühstück reichen. Das Obst muss püriert werden, weil Rolands Zunge gelähmt ist. Deshalb kann er die Speise nicht zu den Backenzähnen schieben. König Roland zerdrückt mit der Zunge alles unter dem Gaumen.

»Bitte noch mal Tee«, sagt der König. Der Assistent hat die undeutliche Aussprache mal wieder nicht verstanden. Es ist normal, dass er oft ein paar Mal nachfragen muss. Das stört den König nicht. Er bleibt weiter fröhlich.

Nach dem Frühstück rollt der Assistent den König an den Schreibtisch und schaltet den Computer ein. Zum Glück kann Roland trotz seiner schweren Behinderung mithilfe geeigneter Zubehörteile eine

Computeranlage bedienen. Jetzt ist der Computer betriebsbereit und die Arbeit kann beginnen.

Ja, ich möchte meine Freude in aller Welt ausbreiten, denkt der König.

Aber wie kann er trotz seiner schweren Behinderung die Freude weitergeben? Und woher nimmt er diese Lebensfreude? Wie lebt dieser König?

Na, dann schauen wir doch mal in sein Leben hinein …

Wer bin ich?

Hallo, ich bin Roland – darf ich mich vorstellen?

Die Menschen nennen mich behindert,
und sie haben recht, das bin ich auch.

Gott nennt mich seine gute Schöpfung,
und er hat recht, das bin ich auch.

Die Menschen nennen mein Leben kostspielig,
und sie haben recht, das ist es auch.

Gott sagt, mein Leben ist wertvoll,
und er hat recht, das ist es auch.

Die Menschen nennen mich unproduktiv,
und sie haben recht, das bin ich auch.

Gott sagt, ich bin ein Brückenbauer
zwischen Behinderten und Nichtbehinderten,
und er hat recht, das bin ich auch.

Die Menschen nennen mein Aussehen abstoßend,
und sie haben recht, das ist es auch.

Gott sagt, mein Lachen ist schön,
und er hat recht, das ist es auch.

Das klingt wie lauter Gegensätze, aber für mich passen die Zeilen zusammen. Meine Behinderung gehört zu mir wie zum Beispiel meine blonden Haare. Das heißt, meine Behinderung ist für mich eine Eigenschaft meines Körpers wie alle anderen Merkmale auch.

Der Gesetzgeber nennt eine Behinderung »Einschränkung der Bewegungsmöglichkeiten«. Das stimmt nur aus biologischer Sicht. Denn dank der modernen Technik kann inzwischen selbst der Schwerstbehinderte produktiv tätig sein und am gesellschaftlichen Leben teilnehmen. Das Problem ist nur, dass die Technik heute zum größten Teil noch unbezahlbar ist. Daraus resultiert, dass ein Behinderter nicht behindert ist, sondern von der Gesellschaft zum Behinderten gemacht wird. Dieses Problem könnte auch mit anderen als finanziellen Mitteln gelindert und behoben werden, indem man zur Integration zwischen so genannten Behinderten und Nichtbehinderten motiviert und die Voraussetzungen dafür verbessert.

Zugegeben, es ist oft blöd, ständig auf fremde Hilfe angewiesen zu sein. Aber wenn ich davon ausgehe, dass ich mit meiner Körpereigenschaft »behindert« andere zur Dankbarkeit anrege – weil sie merken, es ist nichts selbstverständlich auf dieser Welt –, dann kann ich mit meiner Behinderung leben, auch wenn dies manchmal schwer fällt. Dann ist die Behinderung für mich sogar ein Segen Gottes.

Könnte es sein, dass in Wahrheit derjenige behindert ist, der nicht mit Menschen mit der Körpereigenschaft »behindert« umgehen kann?

Unter diesem Aspekt möchte ich aus meinem Leben plaudern, ein paar Streiflichter auf verschiedene Facetten werfen. Vielleicht kann ich ja dabei Sie, liebe Leser, ermutigen, etwas mehr aus Ihrem Leben zu machen, ganz egal, ob man Sie nun »behindert« nennt oder nicht?

Das Licht der Welt erblicken

Tja, auf die Welt kommen – das bedeutete: Meine lieben Eltern, meine Schwester Regina und einige andere Menschen; sie erwarteten mich bereits an jenem 23. Oktober 1963. Aber ich wollte noch ein paar Stunden im Bauch meiner Mutter verweilen. Am Nachmittag beschäftigte sich meine Mutter in ihrem Garten. Da rief die Nachbarin über den Zaun: »Wann kommt er denn?«

»Eigentlich müsste es bald losgehen.«

Doch erst nach Mitternacht setzte ich mich in Bewegung.

Aber ich lag im Bauch meiner Mutter verkehrt herum. Darum wurde ich bei der Geburt in der Gebärmutter gedreht. Dabei kam es zum Sauerstoffmangel. Dadurch sind einige Zellen abgestorben. Das ist die Ursache meiner spastischen Lähmung.

Nach meiner Geburt legte man mich ein paar Wochen in den Brutkasten. Dort war es schön warm. Wahrscheinlich ist das ein Grund, warum ich heute noch Hitze besonders gerne mag.

Die ersten vier Tage hatte ich keinen Namen. Meine Mutter schwebte in Lebensgefahr. Ihr wurde nicht mal gesagt, ob sie einen Jungen oder ein Mädchen entbunden hatte. Als mein Vater zu Besuch kam, hörte er, wie eine Schwester zur anderen sagte: »Was denn, lebt der immer noch?« Das Personal hatte mich schon abgeschrieben. Denkste, nicht mit mir! Ich wollte leben – und bekam nach vier Tagen endlich meinen Namen.

Meine Eltern wunderten sich schon bald, warum ich mich nicht so entwickelte wie andere Kinder. Sie fuhren mit mir vom einen Arzt zum anderen. Die Antwort war immer wieder: »Keine Sorge, das ist ein Spätentwickler.«

Doch schließlich offenbarte ein Arzt die wahre Diagnose: »Spastische Tetraplegie mit Athetosen, gekoppelt mit einer schweren Sprachstörung.«

Meine Familie, 1963

Damit war ich abgestempelt für ein ganzes Leben. Ich trage den Stempel »spastisch gelähmt«. Und ich will Sie und mich, liebe Leser, fragen: Ist das nun gut oder nicht?

Auch weitere Fragen werden uns in diesem Buch begegnen: Hätte man durch einen Kaiserschnitt bei meiner Mutter meine Behinderung verhindern können? Sollte man die Ärzte für den Fehler verklagen? Hat das Leben mit einer Behinderung überhaupt einen Sinn? Wo war Gott bei meiner Geburt? Hat er in jener Nacht geschlafen?

Glückliche Kindheit

Ich war wohl schon immer eine verrückte Nudel. Ich konnte nicht laufen, darum rutschte ich auf dem Rücken durch die Wohnung und

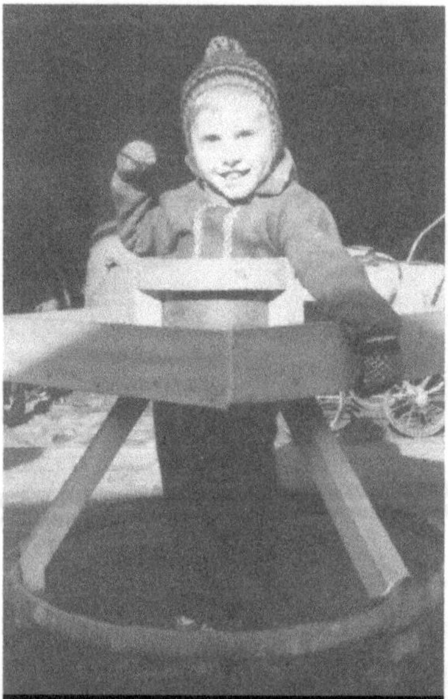
Meine erste Laufhilfe, Marke Eigenbau, 1966

versteckte mich unter Sofas, hinter Schränken und anderen Möbelstücken. Dann lachte ich mich halb tot, wenn man mich suchte. Durch das Rutschen hatte ich am Hinterkopf keine Haare.

Ich wollte immer laufen, mich anders als nur auf dem Rücken fortbewegen. So baute mir mein Vater um einen Pappeimer herum einen Holzkasten mit Rädern. In den Pappeimer wurde ich reingestellt und konnte nun mithilfe der Konstruktion meines Vaters besser spielen. Doch am meisten Spaß machte das Rollen. Anlauf nehmen, schnell die Beine hochziehen und das Ding rollen lassen, huhu!

Diese Konstruktion zeigt beispielhaft, dass meine Eltern alles getan haben, um meine Entwicklung zu fördern. Sie hielten mich nicht im Haus versteckt, sondern integrierten mich vollständig in ihr Leben und das gesellschaftliche Miteinander – trotz mancher Rückschläge.

Nicht gelungen ist beispielsweise der Versuch meiner Eltern, mich im Kindergarten anzumelden. Meine Mutter bot sich sogar an, mitzukommen und bei mir zu bleiben, damit die Erzieherinnen keine »Umstände« mit mir haben sollten. Aber es führte kein Weg an der Ablehnung vorbei.

Selbst in der Verwandtschaft wurde ich nicht integriert. Meine Eltern erhielten häufig Einladungen mit dem Zusatz »ohne Roland«. Doch meine Eltern blieben immer standhaft und antworteten: »Entweder mit Roland, oder wir kommen nicht.«

In diesem Satz zeigte sich einerseits eine unendlich große Liebe zu mir, und andererseits ein fester Standpunkt meiner Eltern, was das Leben mit Menschen mit Behinderung betrifft. Ich möchte mit diesem Hinweis darauf aufmerksam machen, welcher Druck oft auch auf den Angehörigen eines Behinderten lastet. Das dürfen wir niemals unterschätzen. Um so mehr sollten wir Eltern mit behinderten Kindern motivieren, ihr Kind »normal« zu behandeln und es in allen Bereichen zu fördern.

Immer gut gehalten, 1967

Wenn ich heute behinderte Menschen sehe, die von ihren Eltern versteckt gehalten und nicht gefördert wurden, erfüllt es mich mit großer Dankbarkeit, dass ich all meine Fähigkeiten austesten konnte und dadurch heute viele Menschen mit meinen vielfältigen Gaben erfreuen kann.

Doch kommen wir erst noch mal zurück zum rollenden Pappeimer im Holzkasten. Mein Vater hat immer versucht, mit wenigen Mitteln viel zu bewegen. Eigentlich war es nur Abfall: ein alter Pappeimer, ein paar Bretter, die man als Tischler sowieso übrig hat, vier Räder, Kleinteile … und fertig war das Ding, das mir mehr Bewegungsfreiheit und sehr viel Spaß schenkte. Das Prinzip meines Vaters, mit wenig Aufwand viel zu bewegen, gilt für mich auch heute noch. Aber leider hat unsere Wegwerfgesellschaft solche Prinzipien immer mehr verdrängt.

Der Pappeimer mit Holzkasten drum herum reichte für mich Energiebündel bald nicht mehr aus. Mein Vater baute mir noch eine größere Kiste als Sandkasten, in dem ich auch in der Mitte gestanden und gespielt habe. Aber auch damit gab ich mich nicht zufrieden. Ich wollte immer kilometerweit laufen. Mein Bewegungsdrang war gewaltig. So mussten sich alle abwechseln und mit mir an einer Hand laufen, laufen und laufen.

Meine Mutter konnte wegen mir keiner normalen Arbeit nachgehen. Doch das Geld war knapp. Damit sie nachmittags bei unserer Hausärztin für ein paar Mark putzen gehen konnte, hatte mich meine Schwester Regina nach der Schule am Hals.

Sie wusste sich zu helfen.

Regina wollte auf den Fußballplatz. Ich nicht.

Meine Schwester rief über die Straße: »Hallo Basti! Mein Bruder will nicht zum Fußball. Du interessierst dich doch auch nicht dafür. Willst du Roland übernehmen?«

»Klar, mach ich.«

Basti band den Sportwagen an sein Fahrrad und ab ging die Post über Berg und Tal. Was für ein Vergnügen!

Am Abend übergab mich Basti wieder Regina. Sie warnte mich: »Wenn du das Mutti erzählst, nehme ich dich nie wieder mit.«

Also hielt ich meine Klappe.

Onkel Peters. Und einige Tiere

Manchmal brachte mich meine Mutter nachmittags zu Onkel und Tante Peters. Das alte Ehepaar wohnte zwei Häuser weiter und spielte gerne mit mir. Onkel Peters kannte wunderbare Geschichten. Er erzählte immer von diesem Mose, und wie er das Volk führte.

Eines Tages sagte Onkel Peters zu mir: »Ich sehe in dir einen großen Führer wie Mose. Du wirst auch ein Volk führen. Deine Fröhlichkeit wird viele anstecken und mitreißen. Ich werde dich vom Himmel aus auf der Erde im Gebet begleiten.«

Ich dachte als damals Vierjähriger: Na, Onkel Peters erzählt jetzt wieder Märchen. Aber genau diese Worte sind mir bis heute hängen geblieben. Warum eigentlich? Vielleicht, weil es seine letzten Worte waren, er starb in der Nacht danach. Und weil diese Worte wahr geworden sind. Viel später allerdings erst.

In meiner Kindheit gab es einige eigenartige Begegnungen mit Tieren. Als kleiner Junge hatte ich eine Katze. Mit dieser Katze konnte ich alles machen, was ich wollte. Sie saß auf meinem Schoß und ließ sich streicheln. Ich konnte ihr den Mund aufreißen und ihre Zähne zählen. Ich konnte meine Nase in ihren Mund stecken und ich konnte sie biegen, wie ich wollte. Wenn ich mit meiner Mutter zum *Konsum* fuhr, setzte ich die Katze in der Ecke vor dem Haus ab und sagte: »Warte, bis wir wiederkommen.«

Und sie saß da ganz brav, bis wir zurückkamen. Und dann begann das Spielen und Biegen mit ihr von vorn.

Leider wurde sie eines Tages überfahren. Da war ich traurig.

Wenn mein Vater den Stall ausmistete, liefen die Schweine auf dem Hof herum. Da durfte ich oft auf den Schweinen reiten. Was für ein Riesenspaß!

Mein Vater hatte die Kaninchenställe so gebaut, dass ich mit meinem Rollstuhl vor den Stall fahren konnte. Wir machten die Tür auf und er stellte mich vor den Kaninchenstall. Ich habe die Tiere gefüttert, sie haben aus meiner Hand gefressen. Sie sind aus dem Stall auf meinen Schoß gehüpft, wenn ich im Rollstuhl saß. Die Kaninchen sind auf meinem Körper hin- und hergehüpft.

Endlich Schulkind

Meine Schwester und ich waren wie Hund und Katze. Eigentlich, Hand aufs Herz, war ich der Übeltäter. Ich ließ mir von ihr nichts vorschreiben, frei nach dem Motto: »Du alte Zicke. Du hast mir gar nichts zu sagen. Du bist nicht meine Mutti.«

Trotzdem hatte ich Regina sehr gern und war immer hellauf begeistert, wenn sie mir etwas Neues beibrachte. Zum Beispiel war ich total fasziniert, als sie für den Schulunterricht ein Haus konstruieren musste. Das war richtig spannend und interessant.

Tja, und irgendwann nervte ich meine Mutter: »Mutti, ich will lernen wie Regina.«

Eine Sozialarbeiterin setzte sich für mich ein. Daraufhin konnten meine Eltern mit mir zu einem zweiwöchigen Schultest nach Wernshausen bei Meiningen fahren. Für meine Eltern war es eine Art Urlaub. Die Gemeinschaft mit anderen Eltern in vergleichbarer Situation war herrlich. Bis zu dem Tag, an dem die Entscheidung fiel: Ich hatte den Test bestanden, andere nicht. Da waren einige Eltern so sauer, dass sie nicht mehr mit uns sprachen; in ihren Köpfen spukte wohl ungefähr herum: Wir waren schon dreimal hier und unser Kind wird nicht genommen.

Neid? Missgunst? Jedenfalls keine schöne Erfahrung für meine Eltern.

Acht Wochen später wurde ich in die Sonderschule für Körperbehinderte in Arnstadt eingeschult. Das war im Jahr 1972.

Hurra, ich war nun ein Schulkind und durfte endlich lernen. Ich war begeistert dabei. Gleichzeitig hatte ich enormes Heimweh. Meine Eltern besuchten mich regelmäßig und holten mich in den Ferien nach Hause. Beim Abschied brüllte ich immer wieder wegen der erneuten Trennung von ihnen.

Ich bin heute sehr froh, dass mich meine Eltern nicht aus der Schule genommen haben.

Andreas – das darf sich nicht wiederholen!

In Arnstadt angekommen sein – das hieß auch, in einer neuen Welt mit Gruppen angekommen zu sein. In den Gruppen waren jeweils sieben bis zehn Kinder. Einer in meiner Gruppe hieß Andreas. Er war wie ich von Geburt an körperlich behindert, ein schlanker, großer junger Mann. Andreas war schon über 16 Jahre alt, was hatte er also bei uns Kindern zu suchen? Er lebte mit dem geistigen Entwicklungsstand eines Achtjährigen.

Andreas war einst ein kluger Bursche. Eines Sonntags wollten ihn seine Eltern besuchen. Natürlich freute er sich darauf. Sie waren in Leipzig losgefahren, aber sie kamen in Arnstadt niemals an. Die Eltern wurden auf der Fahrt zur Sonderschule von einem Panzer überrollt.

Der Tod der Eltern war für Andreas ein so gewaltiger Schock, dass seine geistige Entwicklung blockiert wurde. Er blieb auf dem Niveau eines Achtjährigen stehen.

Als ich nach Arnstadt kam, war Andreas, wie gesagt, über 16 Jahre alt, ein kräftiger junger Mann. Ungefähr anderthalb Jahre später feierten wir seinen 18. Geburtstag.

Mit 18 Jahren durfte man, so lauteten die Bestimmungen, nicht mehr in einem Kinderheim sein. Seine Schwester, so hörten wir, wollte ihn zurückholen nach Leipzig, um ihn zu betreuen. Uns wurde erzählt: »Andreas zieht nach Leipzig in eine andere Schule, damit sich seine Schwester besser um ihn kümmern kann.«

Die Sommerferien kamen heran, wir verabschiedeten uns von Andreas.

Nach den Sommerferien war er nicht mehr da, das hatten wir ja gewusst. Ein paar Monate später verplapperten sich jedoch die Erzieher. So erfuhren wir die Wahrheit, was wirklich mit Andreas passiert war.

Andreas fuhr tatsächlich nach Leipzig, aber nicht in eine andere Schule oder zu seiner Schwester, sondern in ein Altenheim. Mit 18 Jahren in ein Altenheim! Er bekam dort einen Nervenzusammenbruch.

Als wir davon erfuhren, waren wir alle schockiert.

Bei mir hat es wie ein Blitz eingeschlagen. Ich war ja noch ein Kind, aber mir war klar: Das darf sich nicht wiederholen. Wir müssen etwas unternehmen, damit 18-Jährige nicht in Altenheimen landen. Das muss sich ändern.

Noch heute verfolge ich das Ziel, andere und bessere Lebensbedingungen für Menschen mit Behinderungen zu schaffen. Schon zu jener Zeit, in der Schule in Arnstadt, entstand in mir der Wunsch, eine Wohngemeinschaft für Behinderte und Nichtbehinderte aufzubauen.

Die Idee hat später, als ich erwachsen war, viele Menschen begeistert, aber immer kurz vor dem Ziel sind die Pläne gescheitert. Nichtbehinderte wollen sich nicht dauerhaft binden. Behinderte wollen ein (neues) Zuhause.

Wie kann man diesen Gegensatz in Einklang bringen? Eine interessante Frage für ein späteres Kapitel.

Ein Fieber schädigt mein Gehör

Im ersten Jahr in Arnstadt, 1972, wurde ich in der Adventszeit sehr krank. Ich hatte extrem hohes Fieber, das nicht heruntergehen wollte. Die Erzieher waren ratlos. Man legte mich nackt ins Bett und wusch mich mehrmals am Tag kalt ab. Nach drei oder vier Wochen war ich dann endlich fieberfrei. Genau an diesem Tag begannen die Weihnachtsferien. Hurra, endlich nach Hause! Keiner sagte meinen Eltern etwas von dem gerade überstandenen Fieber. Also fuhren wir bei kaltem Winterwetter mit der Bahn nach Hause.

Am Heiligen Abend klingelte mein Vater mit einem Glöckchen, weil der Weihnachtsmann den Sack vor die Tür gestellt hatte. Meine Mutter wunderte sich, dass ich ruhig sitzen blieb. »Roland, der Weihnachtsmann hat geklingelt.«

Ich reagierte noch immer nicht. Langsam begriffen meine Eltern, dass ich mein Gehör verloren hatte. Sie holten die Hausärztin. Sie verschrieb mir sehr starke Medikamente. Nach und nach kam in den nächsten Tagen mein Gehör wieder. Alles schien wieder in Ordnung zu sein. Glaubten wir jedenfalls.

Märchen oder Wirklichkeit?

Mein Lebensweg ging zunächst ganz normal weiter. Onkel Peters und seine Geschichten lagen weit zurück, aber manchmal wurde ich an Gott erinnert.

Im Kinderheim in Arnstadt hörten wir jeden Morgen in einer Andacht etwas aus der Bibel. Die Christenlehre und auch der Konfirmationsunterricht waren für mich mehr oder weniger Märchenstunden. Geschichten von damals, die nichts mit unserer Zeit zu tun hatten.

Doch das Krippenspiel berührte mich auf unerwartete Weise: *Gott ist ganz nah.* Das verstand ich plötzlich. Und das Lied »Ich steh an deiner Krippe hier« packte mich.

Mir wurde klar: Gott *ist* da. Und ich vertraute fest auf ihn.

Aber an einen Glauben, der wirkliche Substanz hatte, an eine persönliche Beziehung mit diesem Gott war noch nicht zu denken.

Trotzdem merkten viele, dass ich anders war und anders handelte.

Das mag ein Grund dafür gewesen sein, dass meine Schulklasse mich zum Klassensprecher wählen wollte.

Menschen mit Behinderungen werden mehr oder weniger akzeptiert, aber sobald man eine undeutliche Aussprache hat oder sich nicht artikulieren kann, wird man als untauglich abgestempelt. Als minderwertig oder gar als dumm.

Meine Schulklasse wollte mich als Klassensprecher haben. Das Lehrerkollektiv und die Schulleitung meinten: »Ein Sprachbehinderter kann kein Klassensprecher werden.«

Darauf meine Klasse: »Roland hat aber die beste Voraussetzung dafür.«

Doch trotz heftiger Proteste meiner Kameraden durfte ich nicht Klassensprecher werden.

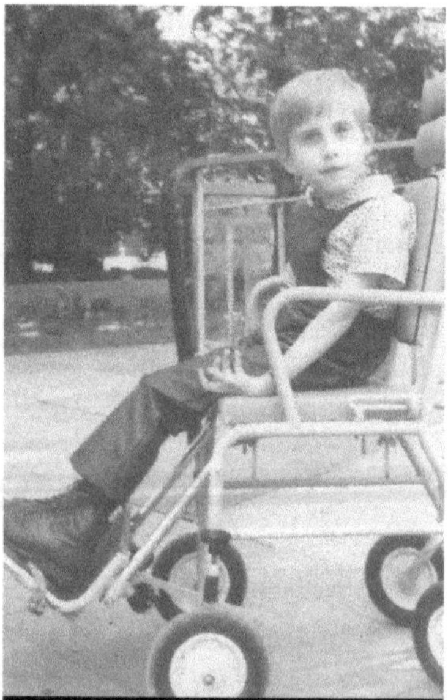

Mein erster Rollstuhl, 1972

Erste Mobilität

Im Schulinternat bekam ich meinen ersten Rollstuhl, weil dem Personal das Laufen zu lange dauerte. Und ich als pfiffiger Bursche entdeckte bald, dass man sich schneller rollen lassen kann, wenn man sich mit den Füßen auf dem Boden abschubst, huhu!

Nun war nichts mehr vor mir sicher. Bald experimentierte ich auch mit dem Gefährt, mich steile Abhänge herunter rollen zu lassen. Tja, dann war mal wieder ein Loch im Kopf fällig. Ich weiß nicht mehr, wie viele Löcher im Kopf bei mir genäht werden mussten.

Richtig bewusst wurde mir meine Behinderung so mit elf oder zwölf Jahren. Ich war damals nicht traurig über meinen Körper, dass er bestimmte Funktionen nicht beherrschte. Was mich vielmehr belastete – damals wie heute –, war die Tatsache, davon ausgehen zu müssen, dass ich ständig auf fremde Hilfe angewiesen sein werde.

Es gibt Zeiten, da kann ich damit gut umgehen. Aber es gibt pro Jahr auch mehrere Wochen, wo mir das zu schaffen macht. Das führt soweit, dass ich in solchen Zeiten mutlos bin und Gott anklage, warum ich behindert bin.

Ich wünschte mir mit elf oder zwölf Jahren ein Gerät, mit dem ich mich selbst fortbewegen konnte. Das war beziehungsweise ist die Sehnsucht nach Freiheit.

Ich erzählte meiner Physiotherapeutin von meinem Wunsch, von meiner Sehnsucht. Sie erkundigte sich danach, welche Möglichkeiten es passend zu meiner Behinderung gab. Sie empfahl schließlich ein Dreifahrrad.

Meine Eltern waren zunächst etwas skeptisch. Sie hatten Bedenken, weil alle meine Versuche, allein essen zu lernen, gescheitert waren. Meine Eltern fürchteten, dass sie viel Geld für etwas ausgeben mussten, was mir dann doch nicht weiterhalf. Aber trotzdem ermöglichten sie mir die Verwirklichung meines Wunsches.

Sie holten mich zu Weihnachten nach Hause und machten mit mir einen Umweg über Altenburg, wo es eine Werkstatt für Spezialfahrräder gab. Es war ein fürchterlicher Wintertag mit Schneeregen. Trotzdem fuhren wir nach Altenburg.

Der Meister der Werkstatt, Herr Lowisch, fasste meine Hand und meinte: »Dieser Junge kann Fahrrad fahren. Aber leider habe ich im Moment keine Fahrräder da, weil gestern ein Schiff nach Indien ging.«

Meine Eltern waren von seiner Einschätzung noch nicht überzeugt: »Wie teuer wird es sein?«

Da erklärte Herr Lowisch: »Warum sollten Sie selbst bezahlen? Das bezahlt die SVK. Roland braucht eine Rückenlehne. Damit ist das Fahrrad dann ein Hilfsmittel.«

Die SVK war die Sozialversicherungskasse in der DDR, vergleichbar mit einer Krankenkasse in der BRD. Wir fuhren ein paar Mal zur Geschäftsstelle der SVK und der Antrag wurde bewilligt.

Fünf Monate später hatte ich dann mein Fahrrad. Es war wunderbar, selbst zu fahren, wohin ich wollte. Genau dort anzuhalten und stehen zu bleiben, wo ich wollte. Einen Schmetterling von der Perspektive zu beobachten, von der ich ihn gerne betrachten wollte.

Das Fahrrad brachte ein großes Stück Freiheit.

So steuerte ich das Rad auch hin und wieder Richtung Mädchenheim.

Die Sehnsucht nach Freiheit – endlich auf dem Fahrrad unterwegs, 1978

Katrin war blond. Sie war in meiner Klasse. Ich mochte sie. Aber mein Freund Uwe mochte sie auch. Katrin genoss es, von uns beiden verwöhnt zu werden.

Während diese Liebe schnell vorbei war, liebte ich mein Rad unvermindert über alles. Ich fuhr bei Wind und Wetter, bei Sonne und Hitze. Spitze waren 37 Kilometer an einem heißen Sommertag.

Leider hing (und hängt auch heute noch) mein Oberkörper zu sehr nach links, sodass ich mehrmals umkippte.

Die Überfälle

Neben dem Umkippen, das oft mit blauen Flecken und Hautabschürfungen einherging, gab es auch unfreiwillige Blessuren.

Zum besseren Verständnis möchte ich erwähnen, dass meine Eltern und ich an der Grenze der DDR zur BRD gewohnt haben. Daher wohnten im Nachbarort die Stasi-Leute und die Grenzsoldaten. Diese hatten in der DDR eine Sonderstellung. Sie konnten sich alles erlauben. So hatten auch deren Kinder alle Rechte. Das ging soweit, dass Kinder einfach auf der Straße herumliefen, wir mussten mit dem Auto langsam fahren und durften nicht einmal hupen.

Aber ich möchte in diesem Kapitel nicht weiter darauf eingehen. Ich möchte von meinen Überfällen erzählen. Ich wurde von Jugendlichen viermal geschlagen und überfallen.

Vier Jugendliche kamen auf mich zu und stellten sich um mich herum, sodass ich mit dem Elektrorollstuhl nicht weiterfahren konnte. Sie grinsten mich an und versuchten, mich mit dem Rollstuhl umzukippen, was ihnen zum Glück nicht gelang. Danach schlugen sie auf mich ein, prügelten auf meinen Kopf. Irgendwann zogen sie ab. Ich fuhr nach Hause und erzählte es meinen Eltern. Natürlich habe ich die Jugendlichen angezeigt, ganz klar. Zum Glück hatten wir im Gemeinderat einen gut funktionierenden Sozialausschuss, sodass die Täter schnell gefasst wurden.

Sie kamen mit Blumen und Pralinen zu mir, um sich zu entschuldigen.

Auf die Frage: »Warum hast du das getan?« wussten keiner von ihnen eine Antwort.

Einige sagten: »Na ja, wollte mal sehen, wie er reagiert. Es war eine unüberlegte Handlung.«

Was will man dazu sagen? Sie können ja für die ungesunde Erziehung nichts, die ihnen von ihren privilegierten Eltern zuteil geworden war.

Ich habe ihnen vergeben und bat sie, so etwas nie wieder zu tun.

Aber es blieb nicht aus, dass auch in späteren Jahren Jugendliche und Kinder mich überfielen.

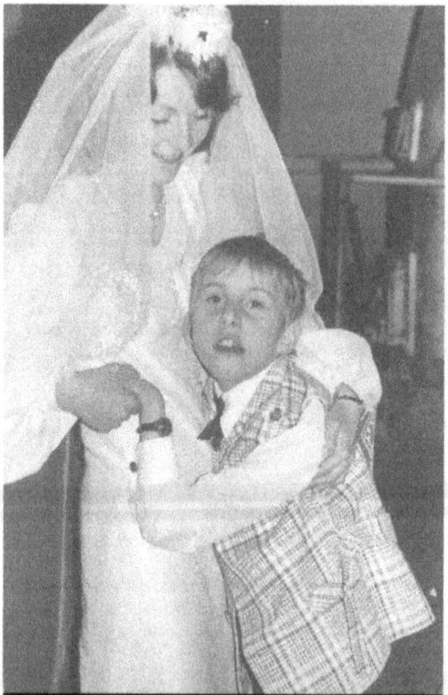
Ein Tänzchen mit der Braut – meiner Schwester, 1975

Beim letzten Überfall, da war ich schon erwachsen, schien die Sonne. Ich fuhr vor dem Mittagessen raus in die Natur. Plötzlich tauchte aus dem Nichts ein 14-Jähriger auf und schlug mir mit Steinen auf den Kopf. Er kam auch gegen den Umschalthebel vom Elektrorollstuhl, sodass ich nicht mehr fahren konnte. Weit und breit war niemand zu sehen. Endlich kam ein Auto. Die nette Dame befreite mich und benachrichtigte meine Eltern.

Abgesehen von kleinen Wunden war die körperliche Verletzung nicht so groß. Mehr Probleme bereiteten mir die seelischen Verletzungen.

Zum Glück verreiste ich wenige Tage später mit drei jungen Damen nach Liverpool. Das tat total gut. Zwar musste ich mich jeden Tag mehrmals übergeben, aber die netten Damen nahmen es geduldig hin und halfen mir bei der Aufarbeitung des erlittenen Überfalls. Ich fühlte mich wieder in Gottes Hand geborgen.

Als wir nach der Reise in Berlin landeten, hatte mein Rollstuhl keine Seitenlehnen mehr. Sie waren weder in London noch in Berlin auffindbar. Wo waren sie dann?

Ganz klar. In der Hölle wurden mal wieder Ersatzteile gebraucht.

Wechsel des Schulinternates

Die DDR-Regierung wollte nicht, dass intelligente Schüler in einer christlich geprägten Institution aufwuchsen. Aus diesem Grund wurden christliche Einrichtungen in Hilfsschulen (heute würde man Förderschulen sagen) umfunktioniert. Auch meine Schule in Arnstadt war von der Verfügung betroffen.

Ich war nicht lernbehindert, darum weigerte ich mich, dort weiter unterrichtet zu werden. Ich sagte: »Mutti, da ist es ja nur langweilig.«

So stand ein Schulwechsel an. Es gab viele Schwierigkeiten von staatlicher Seite. Für die Schule in Tangerhütte war ich zu stark behindert. In Öhrenfeld bei Wernigerode war angeblich alles belegt. Daher sollte ich ein Jahr lang zu Hause Privatunterricht bekommen. Doch es fand sich kein Lehrer.

Drei Tage vor Schulbeginn kam der Bescheid, dass ich doch nach Öhrenfeld konnte. Die Freude war groß, die Hektik auch: Alles einpacken, Namensschilder einnähen …

Der Sonntag war da. Wir fuhren los.

Endlich angekommen! Öhrenfeld! Voller Neugier stiegen wir aus.

»Hallo, ich bin der Neue.«

»Der Neue? Wir erwarten keinen Neuen.«

»Ich habe aber einen Brief bekommen. Hier, können Sie lesen.«

»Ach so? Dann müssen wir noch ein Bett aus dem Keller holen.«

Meine Eltern schauten mich fragend an: »Sollen wir dich wirklich hier lassen?«

Ich blieb da.

Am nächsten Morgen in der Klasse ein ähnliches Spiel: »Ein Neuer?«

Ratlosigkeit bei den Lehrern. Ich war nicht erwartet worden.

Nach drei Stunden klärte sich endlich auf, dass alles richtig war. Ich kam in meine neue Schulklasse.

»Jetzt nehmen wir ein Heft«, meinte der Lehrer.

Ich schaute dumm aus der Wäsche. Ich hatte nichts. Das erste Mal in meinem Leben stand ich mit leeren Händen da. Am liebsten wäre ich im Erdboden versunken. Schnell begriff ich, dass man hier alles selbst besorgen musste.

Am Nachmittag schrieb ich einen Brief an meine Eltern und zählte auf, was ich alles brauchte. Ein Telefon hatten sie seinerzeit noch nicht. Am Wochenende war dann alles da, was für den Unterricht benötigt wurde.

Von Erlebnissen mit Tieren hatte ich ja schon erzählt. In der Schulzeit kam es zu einer drolligen Begebenheit.

Ein Zirkus besuchte unsere Schule. Wir hatten uns in der Turnhalle versammelt. Unter anderem war auch eine Nummer mit Affen im Programm. Drei große Affen führten an Ketten etwas vor. Ich saß in der zweiten Reihe.

Ein Affe riss sich los und kam mit vollem Tempo ausgerechnet auf mich zu. Wohlgemerkt, ich saß in der zweiten Reihe, nicht ganz vorne. Huch!

Der Affe setzte sich auf meinen Schoß, umarmte mich und küsste mich ununterbrochen ab.

Die Unterschiede der Schulinternate

Heute bin ich froh, in zwei verschiedenen Schulinternaten gewesen zu sein. Rückblickend weiß ich: Beide hatten ihre Vor- und Nachteile.

In Arnstadt, der christlichen Einrichtung, legte man großen Wert auf das Miteinander und auf die praktische Förderung. Leichtbehinderte mussten Schwerbehinderten helfen. Wenn ein Leichtbehinderter auf den Hof in die frische Luft ging, wurde er angehalten, einen Schwerbehinderten mitzunehmen.

In Öhrenfeld, dem staatlichen Internat, stand die Wissenschaft im Mittelpunkt, ansonsten musste man sich selbst durchboxen. Wer sich nicht enorm wehrte, kam einfach wochenlang nicht an die Luft.

Schon mit dem Beginn der Schulzeit in Arnstadt kam allerdings die Physiotherapie zu kurz. Der Unterricht ging vor. Die Folge war, dass ich das Laufen an einer Hand schnell verlernte. Meine Mutter meinte damals, es wäre besser, das Laufen als den Schulstoff zu lernen. Das sehe ich heute anders. Ich glaube, dass es wichtiger ist, sich Wissen anzueignen. Aber das muss jeder für sich entscheiden.

Trotzdem hatte ich das Glück, in Arnstadt eine wunderbare Physiotherapeutin zu haben. Sie hat mit mir unmögliche Dinge ausprobiert. Sie wollte mich zur Selbstständigkeit erziehen. Wie viel Mühe hat sie in mich investiert! Sie hat alles probiert, denn sie wollte, dass ich alleine essen lerne. Tag für Tag nahm sie sich zusätzliche Stunden für mich, opferte ihre Mittagspause. Wir haben alles Mögliche und Unmögliche versucht. Nach drei Jahren gaben wir auf. Es war kein Erfolg sichtbar.

Völlig anders war die Physiotherapie in Öhrenfeld bei Wernigerode organisiert. Dort wurde der behinderte Mensch nicht individuell gefördert. Alles geschah in Gruppen. Die Physiotherapeutin hatte Spaß daran, Behinderte zu quälen. Meine Knie bluteten, an meinen Armen waren offene Wunden. Trotzdem musste ich weitermachen.

Woche für Woche beschwerten sich Eltern über die unmenschlichen Bedingungen. Aber es änderte sich nichts.

In Arnstadt, meiner ersten Schule, wurde auf das Schreibenlernen großen Wert gelegt. Ich bin froh, dass die christlichen Einrichtungen nicht so viele finanzielle Mittel hatten und dass deshalb technische Ausrüstung fehlte. Dadurch war ich gezwungen, mit der Hand zu schreiben. Das Heft rutschte hin und her, weil ich es mit der linken Hand nicht festhalten konnte. Bald kamen wir auf die Idee, oben auf den Heftrand ein Gewicht zu stellen. Damit ging es gut. Aber durch das krampfhafte Halten des Stiftes hatte ich an den Fingern bald Druckstellen; auch heute noch.

In den staatlichen Einrichtungen der DDR dagegen wurden die Schüler gleich an die Schreibmaschine gesetzt – heutzutage wohl überall eine Selbstverständlichkeit. Das bedeutet, sie lernen oft nicht mehr das Schreiben mit der Hand.

Gleich nach der Umschulung nach Öhrenfeld durfte ich auf der Spastikerschreibmaschine, sie wurde aus der BRD für 45 000 Mark importiert, schreiben. Die Tastatur maß 80 mal 40 Zentimeter und die Tasten hatten ungefähr die Größe einer Ein-Euro-Münze. Mit einem Stab in der Hand sauste meine Hand den ganzen Tag über die Tischplatte, um die Tasten zu treffen. Die krampfhafte Haltung des Stabes und das ständige Hin- und Hersausen der Hand verursachte Reibungen. Meine Finger bluteten. Es schmerzte. Was tun?

Irgendwann kamen wir auf die Idee, Autohandschuhe anzuziehen. Das war zwar ziemlich warm, aber meine Finger blieben heil. Allerdings war es auch eine teure Angelegenheit.

Ich brauchte ja jeweils nur den rechten Handschuh und dieser war nach einem Monat durchgescheuert.

Dann fanden wir heraus, dass es auch orthopädische Handschuhe gibt. Diese wurden, weil sie als »Hilfsmittel« galten, von der SVK bezahlt. So bekam ich alle sechs Monate ein Paar orthopädische Handschuhe. Da ich nur den rechten Handschuh brauchte, wurde ein Paar jeweils mit zwei rechten Handschuhen geliefert.

Für meine Schreibmaschinenlehrerin, Frau Wand, war ich der Liebling. Einerseits genoss ich alle Privilegien der Schule: Ich durfte neue Techniken ausprobieren und auf Messen fahren. Andererseits forderte sie mich immer wieder heraus. Manchmal war ich schon ziemlich am Ende. Sie gab nicht auf. Ihr Ziel war es, dass ich von der großen Tastatur wegkomme.

»Aber mit diesem Stab geht es nicht«, sagte ich immer wieder.

»Doch, es geht. Du musst den Stab anders halten«, schlug sie vor.

»Nein.«

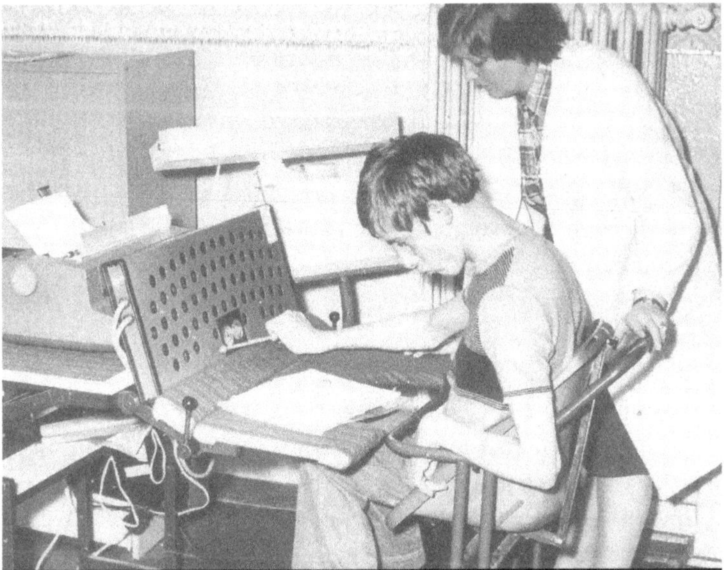

Meine Spezial-Schreibmaschine: Geht doch! 1979

»Doch.«

Ich erzählte irgendwann meinem Vater von meiner Idee, dass der Stab vorne gebogen sein muss, damit ich nicht die untere Reihe berührte, wenn ich einen Buchstaben in der oberen Reihe tippen wollte. Mein Vater bog ein Alu-Rohr mit Holzgriff zurecht. Damit funktionierte es super. Auch Frau Wand begriff jetzt, warum es vorher nicht gegangen war und entschuldigte sich.

Ich lernte dann zwar sehr schnell, auf einer normalen elektronischen Schreibmaschine zu schreiben, aber das Alu-Rohr zerkratzte die Tasten.

Wir steckten Radiergummi in die Rohrspitze. Doch die »verklebten« die Tasten.

Schließlich kam uns die Idee, ein Stückchen Benzinschlauch ins Alu-Rohr zu schieben. Und damit war das Problem dann behoben.

Unfall mit Schutzengel

Die Sonne lachte an einem Sonntag im Herbst 1983. Auf unserem Hof lagen Kartoffeln. Mein Vater kam gerade mit leeren Körben aus dem Keller. Dort wurden die Kartoffeln eingelagert.

»Mutti ist gleich mit dem Entenbraten fertig«, sagte er zu mir. »Ich geh noch einmal mit vollen Körben in den Keller. Dann hole ich dich rein zum Mittagessen.«

»Gut, dann fahr ich noch einmal kurz raus und komme gleich wieder.«

Ich fuhr mit dem Rad vom Hof, merkte noch, wie ich plötzlich kippte, und wachte erst im Bett wieder auf. Was war los? Ein Haufen Leute drängte sich in meinem Zimmer.

»Du bist gestürzt. Du muss ins Krankenhaus«, sagte meine Mutter.

Da kam auch schon der Rettungswagen.

In der Klinik angekommen stellte man einen doppelten Schädelbruch und einen dreifachen Riss im linken Trommelfell fest. Trotzdem hatte ich unzählige Schutzengel bei mir gehabt, denn es zeigte sich: Der Schädelbruch endet einen Millimeter vor dem Sehnerv. Ein Millimeter weiter und ich wäre blind geworden. Außerdem war der Apparat, der das Blut aus der Wunde absaugen sollte, defekt. Das war mein Glück. Dadurch konnte ich mein Trommelfell behalten. Dass auch mein Arm gebrochen war, stellt man übrigens zufällig erst Jahre später fest.

Ich meinte, es sei alles nicht so schlimm, ich könne doch wieder nach Hause.

»Nein, du musst hier bleiben.«

Ich wurde auf die Intensivstation gebracht. Laufend kam einer an und schaute, ob ich noch wach war. Blöde Hühner, dachte ich, ich will schlafen. Erst viel später erfuhr ich, dass ich sofort operiert hätte werden müssen, wenn ich das Bewusstsein verloren hätte.

Nach drei Wochen wurde ich in ein anderes Krankenhaus verlegt. Dort setzte man sofort alle Medikamente ab, nach dem verbreiteten Motto:

»Die teuren Medikamente können wir uns sparen, der ist ja sowieso behindert.«

Erst nach heftigen Protesten meiner Eltern bekam ich dann wieder die Medizin, die für die Heilung nötig war.

So manches war eine Zumutung, nicht nur die Verweigerung der Medikamente. Die Schwestern brachten das Essen, stellten es ab und kamen nach 20 Minuten wieder ins Zimmer: »Wir haben wohl keinen Hunger?«

Und schon verschwanden sie mit dem Essen, das ich nicht angerührt hatte. Mich zu füttern, fiel ihnen nicht ein.

Zum Glück kam nach wenigen Tagen ein lieber Opa ins Zimmer, der mich dann mit Essen und Trinken versorgte.

Nach dem Unfall traute ich mich dann nicht mehr auf das Rad. Deshalb ließ ich mir privat einen Rollstuhl zum Fahrrad umbauen. Das war sicherer. Damit bin ich viele Jahre unterwegs gewesen.

Heute machen das meine Knie nicht mehr mit. Darum trainiere ich etwa viermal pro Woche circa 15 Minuten am Heimtrainer für Rollifahrer.

Der Elektrorollstuhl

Im Straßenbild sah man immer häufiger Elektrorollstühle herumfahren. Meine Eltern stellten sich die Frage, ob so ein Gerät auch etwas für mich wäre. Die Erzieher hielten sich bedeckt. Ich war der Meinung: Einfach ausprobieren.

Irgendwie war ich nicht, oder noch nicht, so richtig scharf darauf. Ich hatte ja mein Fahrrad und dann den umgebauten Rollstuhl. Aber nach und nach fing ich doch Feuer. Ich stellte einen Antrag und wurde zum verkehrsmedizinischen Dienst vorgeladen.

Der Arzt schaute mich kritisch an und meinte, ich könne das Fahrzeug nicht rechtzeitig bremsen und wäre deshalb eine Gefahr für den Verkehr. Auf eine Probefahrt ließ er sich gar nicht erst ein.

Ein Jahr später stellte ich einen neuen Antrag. Das gleiche Spiel.

Im September 1987 fuhr ich zu einer Behindertenfreizeit nach Nordhausen. Der Freizeitleiter Olaf wunderte sich, warum ich noch keinen E-Rolli hatte. Ich erzählte ihm die Geschichte. Olaf setzte mich in einen E-Rolli und sagte: »Fahr.«

Ich fuhr los und war selbst überrascht vom Erlebnis. Der Elektrofahrstuhl gehorchte mir und ich konnte auch anhalten, wo ich wollte. Von wegen nicht rechtzeitig bremsen können. Ich konnte und war total glücklich.

Nun platzte mir der Kragen und ich reichte eine Staatsratseingabe (der Staatsrat war das höchste Gremium der DDR) ein. Wieder wurde ich zum verkehrsmedizinischen Dienst vorgeladen.

Diesmal waren sieben Sachverständige da und ich durfte Probe fahren. Es war ein sehr kalter Tag mit heftigem Schneetreiben. Nach fünf Minuten hatten sechs Gutachter zugestimmt. Nur der wütende Arzt, der zwei Mal abgelehnt hatte, ließ mich noch zwanzig Minuten fahren. Meine Hände waren fast erfroren. Verärgert stimmte der Arzt schließlich auch zu. Aber nur für ein Jahr und mit der Auflage, nur im Heimatort zu fahren.

Nach einem Jahr musste ich wieder beim verkehrsmedizinischen Dienst antanzen, weil ja die Fahrerlaubnis befristet war. Es war bei dieser Gelegenheit erstaunlich zu erfahren, wie viele Leute beauftragt worden waren, mich zu beobachten.

»Du bist auch in den Nachbarort gefahren. Warum?«, bekam ich zu hören.

»Dort wohnen die Schwiegereltern meiner Schwester. Wir hatten eine Grillparty.«

»Hm, okay. Einen Unfall hast du auch nicht gebaut. Dann bekommst du jetzt die unbefristete Fahrerlaubnis«, sagte der Sachverständige knarzig.

Der Rollstuhl brachte mich auch in brenzlige Situationen. Es gab eine etwas unschöne Begegnung mit einem Esel an einem warmen Sommertag. Ich fuhr an dem Abend mit dem Elektrorollstuhl durch das Dorf. Da war ein Esel aus dem Stall ausgerissen und kam mit vollem Karacho auf mich zu. Er versuchte, mich mit dem Rollstuhl umzuschubsen. Er hat es zum Glück nicht geschafft. Weit und breit war kein Mensch, kein Auto zu sehen. Was sollte ich nun tun?

Wegfahren brachte nichts, das Vieh kam hinterher. Ich habe ununterbrochen gehupt, bis die Leute es mitbekamen und mich befreiten. In der Zwischenzeit versuchte der Esel, mich in die Schulter zu beißen, aber er hatte zum Glück keine Zähne mehr. Er hat mich dann noch am Kopf abgeleckt.

Heute bedeutet der E-Rolli für mich ein großes Stück Freiheit. Es ist herrlich, sich selbst dahin bewegen zu können, wohin man möchte. Ich beobachte gern die Natur und Tiere, vor allem, wenn sie mir nicht den Kopf ablecken, aber auch die Menschen. Dabei fühle ich mich behindert, wenn ich zu meiner Begleitung sagen muss: »Fahr mal zehn Zentimeter vor, fünf Zentimeter nach links …«

Das würde stören beziehungsweise ablenken, wenn ich mich in einen Anblick vertiefen will. Außerdem genieße ich es, ganz allein durch die Natur zu fahren. Dabei kann ich innerlich neu auftanken. Ich freue mich immer wieder, wie schön alles zusammenpasst.

Aber auch auf Veranstaltungen fühle ich mich freier, wenn ich mich ohne fremde Hilfe auf andere zu bewegen kann. Das Gegenüber reagiert anders, wenn ich selbst zu jemandem komme, als wenn mich der Assistent hinschieben würde.

Dank der Entwicklung der Technik habe ich heute ein High-End-Gerät mit Lift-Funktion. Das bedeutet, ich kann mit dem Sitz nach oben fahren, sodass ich mit stehenden Menschen auf gleicher Augenhöhe bin. Das gibt sowohl mir als auch dem Gegenüber ein völlig neues Lebensgefühl.

1986 – Ich bin meinen Eltern heute unendlich dankbar

Kirche oder SED?

Ich wurde einige Jahre vor der Wende, noch zu meiner Schulzeit, gefragt, ob ich in die SED eintreten, ob ich in der Partei mitarbeiten wollte.

Es sprach eigentlich nichts dagegen. Meine Meinung war: Warum soll man da nicht mitarbeiten?

Doch die Bedingung für die Aufnahme in die Partei lautete: »Wenn du mitarbeitest, dann musst du aus der Kirche austreten.«

Ich sagte Nein.

Mitarbeiten wollte ich ja, weil ich mir einige Verbesserungen für die Behinderten vorstellen konnte, aber was sollte denn die Mitarbeit hindern, wenn man auch in der Kirche Mitglied war?

Ich bekam Bedenkzeit. In jener Woche bekam ich eine Karte von einer Freundin. Vorne auf der Karte stand ein frommer Spruch. Mein Erzieher brachte mir die Karte und meinte: »Glaubst du an den Quatsch?«

Ich weiß nicht mehr, was auf der Karte stand. Es war auf alle Fälle ein frommer Spruch. In dem Moment tobte ein innerer Kampf in mir, was ich nun antworten sollte. Aber am Ende sagte ich einfach: »Ja!« Damit war meine Mitarbeit bei der SED erledigt. Danach musste ich oft hart um Hilfsmittel kämpfen.

Nach der Schule

Nach der zehnten Klasse musste ich die Schule verlassen. Für viele Behinderte war der Weg zur erweiterten Oberschule (heute Abitur) in der DDR verbaut. Es fehlte in den Schulen an genügend Pflegepersonal. Das Gleiche galt für die Berufsausbildung.

Ich konnte zunächst nur zu Hause Schreibarbeiten für eine Pharmafirma und für das Heimatmuseum erledigen. Ab und zu schrieb ich auch Hausarbeiten von Lehrlingen ab. Doch ich gab nicht auf. Immer wieder fragte ich nach einer Berufsausbildung.

Nachdem ich bereits zwei Jahre Heimarbeit gemacht hatte, sollte ich eine moderne Schreibmaschine bekommen. Es hat Monate gedauert, aber ich habe nicht nachgelassen. Schließlich konnten wir die Schreibmaschine vom Werk in Erfurt abholen. Sie war übrig, weil das Ministerium der DDR kein Interesse an dem Gerät hatte. Wir holten die Schreibmaschine also ab. Sie war damals ein hochmodernes Gerät. Man konnte damit 200 Zeichen speichern und diese dann wieder abrufen. Ich hatte weit und breit die modernste Maschine.

Das sprach sich schnell herum. Und so bekam ich Aufträge ohne Ende. Ich habe die Apotheken im Umkreis von fünfzig Kilometern mit Etiketten versorgt. Aber ich hatte noch einen Vorteil: Ich kam in das

Entwicklungsprojekt für den »Rat der gegenseitigen Wirtschaftshilfe« hinein. Dadurch hatte ich alle Möglichkeiten, verschiedene Typenräder auszuprobieren.

Durch das Entwicklungsprojekt brachten mich andere auf die Idee, dass ich ein Computerfan sein oder werden könnte.

Meine Eltern waren skeptisch. Aber sie fuhren mit mir in einen Computerladen, damit wir uns ein Bild von den Geräten machen konnten.

Der Mann im Computerladen erkannte sofort, dass ich als Computerspezialist taugte. Mit seiner Bescheinigung bekam ich dann einen Heimcomputer. Ich hatte also weit und breit als Einziger sowohl den Computer als auch die hochmoderne Schreibmaschine.

Nun kam ich in das »Entwicklungsprojekt des sozialistischen Lagers« hinein. Das war nach einem typischen DDR-Motto ins Leben gerufen worden: Wir müssen eine eigene Technik entwickeln, damit wir nicht mehr abhängig vom Westen sind.

Ich verfasste wissenschaftliche Analysen, was an den Geräten wie geändert werden musste, damit sie behindertenfreundlicher wurden.

Nach fünf Jahren durfte ich endlich eine externe Ausbildung beginnen. Aber zunächst nur als Teilfacharbeiter. Man glaubte immer noch, ich sei nicht in der Lage, einen Facharbeiterabschluss zu absolvieren.

Nach einem guten halben Jahr kam der Berufsschullehrer zu uns nach Hause und meinte, es wäre ja schön, wenn der Vater hilft, aber ich sollte die Berufsausbildung allein machen.

Mein Vater antwortete darauf: »Ich habe zu meinem Sohn mal gesagt: Du hast einen schlechten Lehrer erwischt. Der kann nur Einsen und Zweien auf deine Arbeiten schreiben.«

Da kapierte der Lehrer, dass ich alleine alle Aufgaben bewältigte. Er meinte dann: »Na ja, wenn das so ist, dann können wir keinen Teilfacharbeiter als Abschluss anpeilen. Dann müssen wir einen Facharbeiter aus Roland machen.«

Das bedeutete mehr Geld, mehr Urlaub, aber auch längere Lehrzeit.

Ein großes Problem war es, passende Lehrbücher zu bekommen. Meine Eltern sind oft kilometerweit gefahren, um welche zu besorgen.

Ganz witzig war zum Abschluss meiner Lehrzeit dann die politische Entwicklung. Die Ausbildung basierte auf der Planwirtschaft. Inzwischen kam die Wende. Daher musste ich die Abschlussarbeit über Marktwirtschaft schreiben. Bei der Verteidigung meiner Abschlussarbeit musste ich mir das Lachen verkneifen. Ich konnte erzählen, was ich wollte; die Prüfer hatten sowieso keine Ahnung von der Marktwirtschaft.

Es gibt immer einen Grund zu strahlen! 1986

Erinnerung und Dankbarkeit

Ich erinnere mich gern an meine Kindheit und Schulzeit. Ich wuchs sehr geborgen auf. Meine Eltern haben mir immer das Gefühl der Geborgenheit gegeben. Ja, meine Eltern waren immer für mich da und haben alles getan, um mich zu fördern. Darum bin ich bis heute sehr dankbar, dass meine Eltern mich nicht versteckt haben, dass sie mich nicht »vor der Welt beschützt« haben. Ich lebte zwar in Geborgenheit, aber auch in der Realität dieser Welt.

Ich erinnere mich gut daran, dass meine Eltern mir während meiner Jahre in der Schule jede Woche einen Brief nach Arnstadt geschrieben haben. Und in diesem Brief war immer ein Stück Schokolade eingewickelt. Wenn ich Dienstagmittag aus dem Unterricht kam, wusste ich, dass auf meinem Bett ein Brief lag, mit dem mir meine Eltern durch ein Stück Schokolade ein Stück Geborgenheit schenkten.

Ich erinnere mich auch gut daran, wie meine Mutter mich eines Sonntags in Arnstadt besuchte. Es war ein schöner Sommertag. Die Sonne schien und im Park war Volksfest. Die Kinder durften im Polizeiauto eine Runde drehen. Meine Mutter fragte: »Willst du auch eine Runde mitfahren?«

»Ach, da stehen so viele Kinder!«

»Doch, du kannst mit dem Polizeiauto fahren. Und wenn du einmal traurig bist, dann denke an den schönen Tag mit dem Polizeiauto.«

Es war ein Erlebnis, in dem Streifenwagen zu sitzen, und selbst heute denke ich noch oft an diesen Sonntag. Roland in einem Polizeiauto! Juhu!

Mir ist auch bestens in Erinnerung geblieben, dass meine Eltern jeden Sonntag, wenn ich zu Hause war, mit mir nachmittags spazieren gingen. Ja, Sonntagnachmittag bedeutete Spaziergang – das war eine feste Zeit. An diese lieb gewonnene Tradition erinnere ich mich gern.

Ich denke auch gerne daran, dass mein Vater immer wieder neue Dinge bastelte. Es hat Spaß gemacht, mit meinem Vater neue Erfindungen auszuprobieren, beim Basteln mitzuhelfen. Es gab nichts, was mein Vater für unmöglich gehalten hätte. Ich bin dankbar, dass er immer wieder Lösungen suchte, um mir zu helfen, um mich zu fördern. Einige habe ich ja bereits beschrieben, vom Pappeimer mit Holzkasten bis zum gebogenen Stab für die Schreibmaschine.

Ich kann nicht zählen, wie oft meine Eltern auf etwas verzichtet haben oder besser gesagt, auf vieles verzichten mussten, weil ich zu Hause war. Da konnte man nicht einfach mal irgendwohin gehen. Nein, Roland ist zu Hause, Roland braucht uns!

Ende der 80er-Jahre wurde meiner Mutter eine Kur verschrieben. Da mein Vater arbeitete, musste ich irgendwo untergebracht werden. Ich kam in ein Hospital und erlebte mit, wie täglich Menschen starben. Ich sah, wie Menschen ihre letzte Stunde teilweise unter unmenschlichen Bedingungen verbringen mussten.

Unmenschlich heißt: Nackt ans Bett gefesselt. Das Bett stand in einer dunklen Kammer ohne Tageslicht. Obwohl ich ein gutes und großes Einzelzimmer hatte, fühlte ich mich abgestempelt und abgeschoben, weil dort so mit Menschen umgegangen wurde. Mein Vater holte mich jedes Wochenende nach Hause. Da war ich froh.

Und all diese Dankbarkeit war der Grund, dass ich nach der Schule und Ausbildung bald zu Hause ausziehen wollte.

Ich wollte ausziehen aus Dankbarkeit. Ich wünschte mir, dass meine Eltern noch ein paar Jahre erleben und genießen konnten, ohne ständig die Verpflichtung zu haben, mich zu versorgen. Ich wollte, dass meine Eltern noch ein paar Jahre frei leben konnten, machen konnten, was sie wollten, ohne immer auf mich Rücksicht nehmen zu müssen. Das war mir wichtig!

Doch manches gelingt nicht so, oder nicht so schnell, wie man es sich wünschen würde. Manchmal gingen auch die Pläne der Obrigkeiten in die Hose. Um davon zu erzählen, gehen wir noch einmal kurz in die Zeit vor der Wende zurück.

Raus hier?

1986 hatte man versucht, mich auf eine amüsante Weise in die BRD abzuschieben. Das geschah so: Meine Großtante, Tante Elly, wohnte in Bochum. Sie war meine Lieblingstante und verstand mich sehr gut. Tante Elly hatte selbst einen schwerbehinderten Sohn. Und ich wollte zu ihrem 85. Geburtstag. Wir beantragten einen Reisepass.

»Einer allein schafft die Begleitung unseres Sohnes nicht«, erklärten meine Eltern der Polizei. »Entweder wir alle oder keiner.«

Wir bekamen tatsächlich alle drei einen Pass. Die Freude war unbeschreiblich groß.

Voller Spannung und ziemlich aufgeregt fuhren wir in den Westen. Es war eine völlig andere, eine faszinierende Welt. Aber warum sollte ich bleiben? Ich hatte in der DDR meine Freunde, meine Arbeit.

Also fuhren wir nach einer Woche wieder zurück. Die Zollbeamten schauten uns an, als kämen wir vom Mond: »Sie kommen zurück?«

Wahrscheinlich lautete ihre Rechnung: Die beiden Alten stehen kurz vor der Rente und der Behinderte kostet uns zu viel Geld. Da lassen wir die ganze Familie reisen, die bleiben im Westen und wir sind sie los.

Pustekuchen.

Im Horrorlager

In meiner Arbeit im Behindertenverband galt es als Auszeichnung, an einer bestimmten Art von Ferienlager des Deutschen Roten Kreuzes teilzunehmen. Ich nahm auch daran teil, aber das Lagerleben war der reinste Horror.

Es war ein sehr heißer Sommer und ich bekam zum Frühstück nur eine halbe Tasse Tee und ein halbes Brot. Zum Mittag sehr wenig und abends wieder lediglich eine halbe Tasse Tee und ein halbes Brot.

Warum? Man wollte sich die Arbeit sparen, uns häufig zur Toilette zu bringen.

Wir wurden tagsüber in ein Zelt geschoben, die Mitarbeiter machten sich einen schönen Tag. Am Abend wurden wir um 20 Uhr ins Bett gebracht, damit die Mitarbeiter bei lauter Musik Partys feiern konnten.

Ein Schulfreund wohnte ganz in meiner Nähe und besuchte mich im Ferienlager. Ich bat ihn, bei meinen Eltern anzurufen und ihnen davon zu erzählen. Das war gar nicht so einfach, weil in der DDR nicht jeder ein Telefon hatte. So rief mein Schulfreund bei den Nachbarn meiner Eltern an.

Zwei Tage später holten mich meine Eltern ab und befreiten mich aus dem Horrorlager.

Abgestempelt und abgeschoben war ich auch beim Behindertenverband. Ja, sogar beim Behindertenverband wurde ich nicht akzeptiert, aufgrund meiner Sprachbehinderung. Unglaublich, aber wahr!

Das zeigte sich beispielsweise, als ich eine Veranstaltung plante und organisierte, Fachleute dazu einlud. Ich fuhr frühzeitig vor dem Beginn an den Veranstaltungsort, um alles vorzubereiten. Vor der Tür standen Mitarbeiter vom Behindertenverband und meinten, die Leute kämen nicht, die hätten abgesagt.

Als ich nachforschte, stellte sich heraus, dass in Wirklichkeit die Mitarbeiter des Behindertenverbandes den Fachleuten abgesagt hatten, um mir deutlich zu machen: Du kannst das nicht! Du bist zu behindert!

Diese beiden Beispiele zeigen, dass ich weiß, wie es ist, abgestempelt und abgeschoben zu sein. Doch es gab auch Erlebnisse, bei denen ich Anerkennung spürte.

Erste Verantwortung

Bereits im September 1987 war ich in Nordhausen zu einer Behindertenfreizeit. Eines Abends nahm der Freizeitleiter mich zur Seite und sagte: »Du, ich muss mal mit dir reden. Wir brauchen im Diakonischen Werk noch ehrenamtliche Freizeitleiter. Und du wärst dafür gut geeignet.«

Ich schaute den Freizeitleiter von oben bis unten an, zeigte ihm einen Vogel und meinte: »Du hast wohl einen Knall? Du weißt ganz genau, dass ich für alles fremde Hilfe brauche. Und meine undeutliche Aussprache verstehen sowieso die wenigsten. Nee, ich nicht!«

Doch Olaf, so hieß der Freizeitleiter, versuchte mich, den damals 23-Jährigen, zu überzeugen: »Richtig, du brauchst für alles fremde Hilfe, aber du kannst gut organisieren. Du hast ein prima Einfühlungsvermögen für Behinderte und auch für Helfer. Bei dir können alle Fäden zusammenlaufen, du kannst gut koordinieren. Natürlich brauchst du ehrenamtliche Mitarbeiter, die dir helfen, dir die Arbeit abnehmen, die du nicht machen kannst. Aber die wird dir Gott rechtzeitig zur Verfügung stellen.«

Olaf und ich hatten noch lange debattiert. Aber ich ließ mich nicht erweichen.

Ein paar Wochen später kam Olaf mich besuchen. Der Hintergrund seines Besuches war mir bald klar. Bei Kaffee und Kuchen wurde das gleiche Thema erneut heftig diskutiert.

»Na gut«, gab ich mehrere Stunden später nach, »ich kann's ja mal probieren«.

Und dann ging alles Schlag auf Schlag. Im Frühjahr 1988 absolvierte ich ein Seminar zum Freizeitleiter und begann gleich anschließend mit der Organisation der ersten Freizeit, die unter meiner Regie stattfinden sollte.

Eine Freizeit, so stellte ich für mich fest, umfasst einen Zeitraum von etwa 18 Monaten. Angefangen wird mit der Buchung des Hauses, der Beantragung der Zuschüsse, der Werbung, der Suche nach Helfern. Dann kommen die Freizeitvorbereitungstreffen. Endlich kommt der eigentliche Höhepunkt, die Freizeit selbst.

Der Freizeitnacharbeit, das hatte ich beobachtet, wird oftmals zu wenig Aufmerksamkeit geschenkt. Dazu gehört nicht nur die Abrechnung, sondern vor allem auch die Betreuung der Teilnehmer. Aus den Erfahrungen der letzten Jahre wusste ich inzwischen, dass für viele, die zum ersten Mal dabei sind, nach der Freizeit ein so genannter Verdauungsprozess beginnt. Das heißt, sie müssen erst mal das verarbeiten, was sie erlebt haben. Und in dieser Phase werden sie oft allein gelassen.

Ja, und im August 1989 startete die erste Freizeit unter meiner Regie in Arnstadt. Die 23 Teilnehmer gaben mir den Rückenwind, auf dem Gebiet der Behindertenfreizeiten weiterzumachen. Das war auch der Grund dafür, dass bereits im April 1990 die zweite Freizeit unter meiner Regie stattfand.

Mein persönlicher Fünfjahresplan

In der DDR war es üblich, Fünfjahrespläne zu machen. Die Parteitage der SED schmiedeten immerzu Fünfjahrespläne. Große Vorhaben wurden beschlossen.

Auf gleiche Weise plante man auch im Gesundheitswesen. Aufgrund meiner guten Lernergebnisse bei der Berufsausbildung gab es für mich ebenfalls einen Fünfjahresplan. Der sah so aus, dass ich nach der Berufsausbildung ein Jahr in einem Heim im Büro arbeiten sollte. Danach sollte ein Studium für Ökonomie folgen. Nach dem Studium sollte ich ein Heim für behinderte Menschen leiten. Man plante sogar, in meinem Heimatort ein Heim für Menschen mit geistiger Behinderung einzurichten. Dort sollte ich dann als Heimleiter eingesetzt werden. So konnte ich dort bleiben, wo meine Eltern wohnten.

Aber dann kam die Wende. Alles brach zusammen. Die glorreichen Fünfjahrespläne waren Makulatur. Niemand wusste, wie es weitergehen sollte.

Nachdem ich meine Berufsausbildung absolviert hatte, hatte ich keinen Bock mehr auf ein Studium. Nach der Wende eröffneten sich Möglichkeiten, verschiedene Seminare zu absolvieren und so einen vergleichbaren Abschluss zu erwerben.

So besuchte ich Seminare zum Webmaster, Redakteur, Journalist und zum Jugendgruppenleiter. Das kam mir dann bei meiner CVJM-Tätigkeit zugute.

Ein langer Weg

Nach elf Jahren Schulinternat wollte ich fünf Jahre bei meinen Eltern leben und dann meinen eigenen Weg gehen. Leider sind aus den fünf Jahren 18 geworden, weil sich keine geeignete Unterkunft für mich finden ließ. Für Altenheime war ich zu jung, für Einrichtungen für geistig Behinderte zu intelligent und für die Sozialstation beziehungsweise betreutes Wohnen zu behindert.

Auch der große Traum, in meinem Heimatort als Heimleiter tätig zu sein, war mit dem Fall der Mauer hinfällig geworden. Was nun?

Nach der Wende 1989 hatte ich immer wieder die Idee einer Wohngemeinschaft ins Gespräch gebracht. Diese Vision war schon vor Jahren geboren worden, als ich in der Schule in Arnstadt vom Schicksal unseres Mitschülers Andreas gehört hatte.

Wenn ich nun mit dieser Idee kam, waren zunächst alle begeistert.

Ich hatte ein Konzept ausgearbeitet und Gelder beantragt. Ich fand auch Grundstücke und Gebäude, die wir für die Wohngemeinschaft umbauen wollten. Es war eigentlich alles da. Und trotzdem sind alle Vorhaben im entscheidenden Moment geplatzt.

Warum?

Weil unterschiedliche Lebensentwürfe aufeinander prallten. Menschen mit Behinderungen wollten ein sicheres Zuhause und damit eine Alternative zum Heim. Eine dauerhafte, eine verlässliche Situation.

Und die Menschen ohne Behinderung wollen nur eine Weile da sein – sie wollten sich nicht für das ganze Leben binden.

Die Lehre, die ich daraus zog, dass alle Versuche und Anläufe scheiterten: Eine Wohngemeinschaft funktioniert nicht dauerhaft, wenn die nichtbehinderten Bewohner, die die Assistenz leisten, nur für eine gewisse Zeit in ihr wohnen wollen. Eine Wohngemeinschaft ersetzt nicht die Assistenz!

Unter diesem Gesichtspunkt fühlte ich mich total wertlos, als ich in ein Heim gehen sollte, nur weil ich auf Assistenz angewiesen war und bin.

Der Auslöser war, dass ich sah, dass ich nun wirklich nicht mehr länger bei meinen Eltern leben konnte, weil sie natürlich immer älter wurden.

Aber muss man in ein Heim, nur weil man Assistenz braucht?

Ich wollte nicht aufgeben. Es musste doch auch eine andere Lösung geben.

Neue Technik entdecken

Mit modernsten Schreibmaschinen hatte ich ja Erfahrung. Doch es gab mittlerweile technische Entwicklungen, die darüber hinausgingen. Das Computerzeitalter hatte Einzug gehalten.

Ich kaufte mir einen Amiga. Später wurde mir vom Behindertenverband der erste PC zur Verfügung gestellt. Mit Freunden fuhr ich nach Düsseldorf zu einer Messe. Dort entdeckte ich die Behindertenmaus und die Tastatur mit Abdeckmaske. Das waren für mich riesige Erleichterungen. Als ich dieses Zubehör hatte, habe ich erst gemerkt, wie anstrengend das Tippen mit dem Stab gewesen war. Wenn ich mit dem Stab tippte, musste mich meine Mutter mehrmals am Tag umziehen, weil ich total durchgeschwitzt war.

Die Abdeckmaske eröffnete eine viel leichtere Möglichkeit. Und mit der Maus konnte ich wesentlich genauer am PC arbeiten. Bis heute ist sie eine meiner festen Begleiterinnen.

Beim Stichwort Maus fällt mir noch ein nettes Erlebnis mit Tieren ein. Wir waren in Rumänien in einem Tierpark. Miriam und ich standen vor dem Löwenkäfig.

Ich meinte so aus Spaß: »Mund auf, Mund zu, Maul auf, Maul zu.«

Und der Löwe folgte meinen Anweisungen.

»Maul auf!« – er machte das Maul auf.

»Maul zu!« – er schloss das Maul wieder.

Das ganze Spiel ging fünf Minuten. Ein rumänischer Löwe verstand Deutsch!

Während einer Freizeit in Wittmund, 2000

Meine Zeit beim CVJM

Ein Freund nahm mich 1991 mit zu einer Silvesterfreizeit nach Lostau. Dort lernte ich nette Menschen kennen. Sie waren irgendwie anders. Mir wurde zum ersten Mal klar, was es bedeutet, in einer persönlichen Beziehung mit Jesus zu leben. Ich fand das interessant.

Nach dieser Freizeit wurde ich immer öfter zu Veranstaltungen im CVJM (Christlicher Verein Junger Menschen, www.cvjm.de) nach Haldensleben geholt. Sehr bald durfte ich erste Aufgaben übernehmen, zum Beispiel das Monatsblatt gestalten, Bibelarbeiten halten. Aber was für mein Leben noch wichtiger war: Beim CVJM Haldensleben wurde für mich der Weg in eine persönliche Beziehung zu Jesus vorbereitet und geebnet. An Gott glaubte ich ja schon länger, aber noch war das eine recht distanzierte Angelegenheit.

Ziemlich schnell kletterte ich die »Karriereleiter« hoch. Ich wurde in den Vorstand des CVJM-Landesverbandes Sachsen-Anhalt e. V. gewählt und wirkte im Internetarbeitskreis des CVJM-Gesamtverbandes in Deutschland mit.

Gleichzeitig geschah noch etwas anderes.

Ich hatte eine Vision: Menschen mit Behinderungen erwarten von Leuten ohne Behinderungen, dass sie Verständnis haben. Aber wie sollen sie das lernen, wenn sie sich nicht begegnen? Andererseits müssen Menschen mit Behinderungen lernen, dass auch so genannte Nichtbehinderte Probleme und Sorgen haben. Was liegt da näher, als Möglichkeiten zu schaffen, wo sich unterschiedliche Menschen ungehindert begegnen können?

Diese Vision wollte ich Wirklichkeit werden lassen. Abgeleitet von dem Wort »Integration« lud ich herzlich ein, eine INTRA-Arbeit zu gründen.

Samstag, 13. Februar. Ich saß im Café des CVJM Haldensleben und wartete auf die Leute, die meine Einladung bekommen hatten. Doch niemand kam. Meine Enttäuschung war groß. War meine Vision doch nur eine Utopie? War es doch nicht Gottes Plan?

Schließlich fuhr ein Auto vor. Heike und Ulli kamen. Sie hatten das Jungscharseminar in Magdeburg unterbrochen, um nach mir zu schauen. Sie sahen meine Enttäuschung ins Gesicht geschrieben und meinten: »Wir nehmen dich mit nach Magdeburg.«

Gleich wurde ich ins Auto geladen und so ging es nach Magdeburg. Ich fühlte mich mitten in der Enttäuschung von Gott getragen.

In Magdeburg nahm ich an dem Jungscharseminar teil. Es war ein schöner Nachmittag. Wir hatten viel Spaß. Auch Annett, eine gute Freundin von mir, war dabei. Ich erzählte ihr von meinen Enttäuschungen am Nachmittag. Wir überlegten, wie wir es anders machen könnten. Dann kamen wir auf die Idee, bestimmte Leute direkt anzusprechen, anstatt allgemein einzuladen.

Gesagt, getan! In den nächsten Wochen sprach ich einige Menschen persönlich an und erzählte ihnen von meinem Vorhaben. Viele waren begeistert. So gingen die Vorbereitungen Schritt für Schritt voran. Die Einladungen zu einem Treffen wurden verschickt.

Wir überlegten, ob wir eine Arbeitsgruppe bilden sollten, oder einen Arbeitskreis. Nach einigen Diskussionen einigten wir uns auf den INTRA-Arbeitskreis.

Alles war vorbereitet. Der 28. September kam heran. Heute war der große Tag. *Heute wird meine Vision wahr*, dachte ich.

Am Vormittag fuhr ich mit meinem Elektrorollstuhl noch einmal raus. Hoch auf den Berg, oder besser gesagt auf einen Hügel. Ich wollte noch einmal allein mit Gott reden, auf dem Berg. Wie Mose damals. Die Geschichte, die Onkel Peters mir erzählt hatte, war nicht vergessen. Ich wollte mit Gott noch einmal alles besprechen, bevor am Nachmittag der Trubel losging.

Wir begegneten uns ganz oben auf dem Berg. Das werde ich nie vergessen. Ich sah einen hellen Schein der Sonne und hörte eine Stimme sagen: »Mach es bitte!«

Ich fuhr zurück. In Haldensleben angekommen, rollten schon die Autos vor. Dreißig Leute kamen zur Gründung von INTRA – unglaublich!

Es war von vornherein klar, der Arbeitskreis würde nur eine Übergangslösung sein, bis der CVJM in der Lage war, Menschen mit Behinderung bei »normalen« Freizeiten« zu integrieren. INTRA sollte die Wege bahnen, Türen öffnen. Mein Leitgedanke war: *Geh Wege, die noch niemand ging, damit du Spuren hinterlässt und nicht nur Staub!*

Ja, INTRA hat in den 14 Jahren Spuren hinterlassen. Zum einen wurden Hemmungen zwischen Menschen abgebaut und zum anderen wurden CVJM-Häuser barrierefrei umgebaut.

Die jungen Leute waren so von mir begeistert, dass sie mich oft am Wochenende zu sich nach Hause holten. Dabei geschah Unerwartetes: Die jungen Leute gingen mit mir »normal« um. Sie hatten ja ihre Hemmungen bereits auf Freizeiten abgebaut.

Miteinander – ein INTRA-Treffen in Schernsdorf, 1997

Interessant war jedoch zu beobachten, wie ihre Eltern, Geschwister und Freunde noch mit Berührungsängsten kämpften.

Schwerhörigkeit

Erst im Jahr 1992, zwanzig Jahre nach dem Fieber, das mich im ersten Schuljahr befallen und vorübergehend taub gemacht hatte, stellten wir fest, dass ich schwerhörig war. Damals hatten alle gemeint, mich eingeschlossen, dass mein Gehör durch die Medikamente wieder vollständig hergestellt worden war.

Das Geheimnis kam erst zutage, als ich mir ein Mobiltelefon kaufte und die Klingeltöne nicht hören konnte.

Ein Ohrenarzt bestätigte dann meine Schwerhörigkeit. Das Dumme ist, dass es für diese Art der Schwerhörigkeit keine Hörgeräte gibt. Inzwischen habe ich Alternativen gefunden. Ich telefoniere mit einem Headset. Beim Fernsehen setze ich mir Kopfhörer auf.

Lange Zeit war die Schwerhörigkeit für mich eine Belastung. Warum hatte Gott auch noch diesen Schaden zugelassen? War ich ihm noch nicht behindert genug? Eine Antwort habe ich noch nicht gefunden.

Zwar ist es schade, wenn man nicht die Vögel singen hören kann. Aber manchmal ist es auch ein Segen, wenn man das Hundegekläffe nicht hören muss.

Leben ohne Medikamente

Die Schwerhörigkeit war nicht die einzige Diagnose, die von den Ärzten erst verspätet gestellt wurde.

Ende meiner 20er-Jahre hatte ich heftige Schmerzen im Bauchbereich. Schließlich stellte der Arzt fest, dass meine Hoden zu weit oben sitzen. Eigentlich hätte man die Hoden im frühen Kindesalter verlegen müssen. Aber da war wieder der Gedanke ausschlaggebend gewesen: Ach, er ist ja behindert. Da ist sowieso alles nicht normal.

Das heißt: Man hat nicht darauf acht gegeben, dass meine Hoden nicht in der richtigen Lage sind. Es war nicht wichtig.

Bei diesen Untersuchungen wegen meiner heftigen Bauchschmerzen stellte man auch fest, dass ich meine Blase nicht richtig leerte. Und dadurch blieb Urin zurück, was zur Bildung von Bakterien führte. Dass die Blase sich nicht richtig entleerte, hatte etwas mit dem Spasmus zu tun. Der Spasmus hemmte das Wasserlassen. Also was lag da näher, als mich auf Medikamente einzustellen? Ich wurde in ein Krankenhaus eingeliefert, um die Dosierung der Medikamente medizinisch festzulegen. Langsam stellte man mich darauf ein. Der Plan war: acht Tabletten pro Tag.

Bereits bei drei Tabletten konnte ich nicht mehr klar denken. Ich konnte den Stuhlgang nicht mehr halten. Deshalb brach ich auf meine eigene Verantwortung die Therapie ab.

Das gab ein Theater! Wie kann man so eine Therapie abbrechen? Menschen mit Behinderung müssen doch Medikamente nehmen. Menschen mit Behinderung müssen doch Beruhigungsmittel schlucken …

Nein, müssen sie nicht! Ich habe mir seitdem angewöhnt, mir vor allem mehr Zeit zu lassen, so kann ich auf Medikamente verzichten. Jeder Mediziner schüttelt den Kopf, dass ich ohne Medikamente auskomme. Ich weiß, ich brauche für alles mehr Zeit, beim Essen, Toilettengang und so weiter. Aber so kann ich auf Medikamente verzichten.

Ich bin kein Einzelfall, was das betrifft.

Klara war eine ältere Frau im Rollstuhl. Klara nahm regelmäßig an INTRA-Freizeiten teil. Sie war sehr ruhig. Sie sagte kaum ein Wort.

Ich war wirklich sehr erschrocken, als ich eines Tages sah, wie viele Medikamente sie täglich einnehmen musste. Das kam mir spanisch vor. Ich schrieb die Medikamente auf und fragte eine Freundin, ob so viele Tabletten notwendig waren. Diese Freundin war Ärztin und kannte sich aus. Meine Überlegung dabei war, ob Klara ein paar Medikamente weglassen könnte. Meine Freundin nannte mir drei Medikamente, die man auch ohne Bedenken weglassen könnte. Das waren nur Beruhigungsmittel.

Ich sprach mit der Schwester von Klara und bei der nächsten Freizeit ließen wir die drei Medikamente weg. Vier Tage später war Klara wie umgewandelt. Sie war lebendig, erzählte Witze. Wir hatten Spaß miteinander. Und wir haben gestaunt, wie viel Klara mitbekommen hatte, obwohl sie bis zu diesem Zeitpunkt kaum etwas gesagt hatte.

Damit hatte sich bestätigt, dass man ihr Beruhigungsmittel gab, um sie ruhig zu stellen und im Heim weniger Arbeit mit ihr zu haben. Ich erzählte dann der Schwester von Klara von diesem Ergebnis. Gemeinsam mit der Schwester suchten wir ein anderes Heim für Klara. Nach langem Suchen gelang es schließlich, einen Platz zu finden. In einem

Heim, wo Klara mehr als Mensch gesehen wird, wo das Personal Zeit für sie hat. Wo sie nicht mehr so viele Tabletten nehmen muss.

Auch dieses Beispiel zeigt, dass man oft meint, behinderte Menschen müssten Medikamente bekommen, um ruhig gestellt zu werden. Nein, wenn man sich die notwendige Zeit für sie nimmt, können Menschen mit Behinderungen auf viele Beruhigungsmittel verzichten.

Endlich eine Beziehung zu Gott

Neben dem Freizeitdienst leitete ich Jugendgruppen. Wie gesagt, ich glaubte auch an Gott und rechnete mit seiner Gegenwart. Aber an eine persönliche Beziehung zu dem Gott, der mir schon geholfen hatte, dachte ich immer noch nicht.

Doch er gab nicht auf. Und er geht manchmal überraschende Wege.

1993 verliebte ich mich total in eine junge Frau. Als ich ihr das offenbarte, erwiderte sie mit einem klaren Nein.

Für mich brach die Welt zusammen. Mein Leben erschien mir völlig sinnlos. Ich hatte nur noch Selbstmordgedanken. Ich war sauer auf Gott: »Erst hast du mich behindert gemacht und jetzt nimmst du mir auch noch die Frau weg, in die ich mich verliebt habe. Und dann behauptest du noch, dass du mich lieb hast. Nee, Gott so habe ich mit dir nicht gewettet.«

Zum Glück bekam das eine gute Freundin von mir mit. Ich weiß nicht mehr, wie oft ich mich bei ihr ausgeheult habe. Ich weiß nicht mehr, wie viele Briefe sie mir geschrieben hat.

Sie sagte irgendwann: »Am Sonntag hole ich dich zum Gottesdienst ab.«

Es war der 12. September 1993. Meine Freundin holte mich ab, schob mich in die Kirche, setzte sich in die Bank, ließ aber den Platz zwischen uns frei. Letzteres wunderte mich ein wenig. Warum setzt sie sich nicht direkt neben mich, fragte ich mich.

Mitten in der Predigt war der Platz auf einmal besetzt. Und zwar von Jesus: Ein junger Mann mit weißem Gewand, den Heiligenschein auf dem Kopf, saß da in der Kirchenbank. Lange Haare, ein großes Loch in jeder Hand von der Kreuzigung. Es war total hell und warm.

Er sprach mich an: »Roland, wenn dich alle enttäuscht und verlassen haben, bin ich immer noch bei dir und trage dich.«

Dann war er wieder weg. Ich schaute auf den leeren Platz zwischen mir und der Freundin. Um sicher zu sein, dass ich nicht geträumt hatte, fragte ich sie nach dem Gottesdienst, ob sie etwas Besonderes gemerkt habe.

Sie antwortete: »Mitten in der Predigt war es kurz sehr hell und sehr warm.«

Tja, und in dieser Nacht habe ich mich und mein Leben unter Tränen im Bett diesem Jesus anvertraut. Der Glaube an Gott wurde zu einer persönlichen Beziehung mit meinem Erlöser.

Ich weiß allerdings auch noch, dass der ganze Aufarbeitungsprozess meiner enttäuschten Liebe rund zweieinhalb Jahre gedauert hat. Und dass Jesus mich zweieinhalb Jahre lang, durch diese Freundin, die mich in die Kirche mitnahm, getragen hat.

Der unersetzliche Wieslaw

Detlev stellt mir seinen Freund vor: »Das ist Wieslaw. Der könnte ein guter INTRA-Mitarbeiter werden.«

Ich meinte: »Okay, das probieren wir mal.«

Wieslaw war ein hochintelligenter Mann. Er hatte Mathematik studiert. Und mitten im Studium versagten seine Nerven.

Seitdem ist er psychisch krank, aber hochintelligent und ein netter guter Mann. Sein Herz war sensibel. Er redete viel, aber bei allem, was er sagte, blieb er stets bei der Wahrheit und nahm kein Blatt vor dem Mund. Deshalb wurde er bei vielen abgelehnt und verachtet. Und genau das war sein wunder Punkt.

Wenn man ihn ablehnte und sich über ihn lustig machte, wurde er ungemütlich. Aber er war ein lieber Mensch, wenn man ihn achtete und respektierte.

Wieslaw war rehabilitiert und hatte Zeit. Und ich hatte damals noch keine Assistenz. So nahm ich Wieslaw mit auf meine Reisen. Nur durch ihn war es mir überhaupt möglich, viele Reisen zu unternehmen, die wegen der Führung der INTRA-Arbeit notwendig waren.

Aber es blieb immer ein Wagnis. Wenn Wieslaw geärgert wurde oder jemand ihn ablehnte, wurde er aggressiv. Dann holte ihn die Polizei ab und brachte ihn in die psychiatrische Klinik. So war es jedes Mal unsicher, ob ich die geplante Reise machen konnte oder nicht. Immerhin, die meiste Zeit hat es geklappt. In einer Zeit, in der niemand Wieslaw leiden konnte, hörte Wieslaw auch auf niemanden – außer auf mich.

Einmal war Wieslaw wieder in die Klinik gebracht worden. Ich hatte in Magdeburg zu tun. Ich schlug meinen Eltern vor: »Wollen wir Wieslaw mal besuchen?«

Sie waren einverstanden. Wieslaw freute sich unheimlich. Ich brachte ihm einen Pralinenkasten mit. Wieslaw öffnete begeistert die Verpackung und gab mir die erste Praline.

Er schätzte mich sehr, weil ich ihn so nahm, wie er war. Wieslaw hörte auf mich. Es kam sogar soweit, dass er mich als Betreuer haben wollte. Wieslaw war eine unvergessliche Person in meinem Leben.

Die Sprechbehinderung

Ich saß im Café des CVJM Haldensleben und wollte jemandem etwas sagen. Aufgrund meiner Behinderung konnte ich nicht zu der Frau hingehen. Deshalb winkte ich sie zu mir. Sie kam dann auch und sagte: »Roland, ich muss schnell nach Hause, wenn du mir was sagen willst, dann schreibe es mir.«

Ich war darüber ein wenig traurig und überlegte: Wie oft mag es Gott so gehen, dass er uns etwas sagen will und wir nehmen uns nicht die Zeit, haben nicht die Geduld, ihm zuzuhören?

Zugegeben, man braucht viel Geduld, um meine undeutliche Aussprache zu verstehen. Und ich will auch ehrlich zugeben, dass meine Sprechstörung für mich lange Zeit eine Belastung war. Darum habe ich oft gebetet: »Lieber Gott, dass ich schwerbehindert bin, damit habe ich mich abgefunden. Aber dass ich neben meiner schweren Behinderung auch noch eine schwere Sprechstörung habe, das ist nicht schön. Du hast mich doch lieb, so schenk mir wenigstens eine deutliche Aussprache.«

Gott hat meine Gebete gehört und mir geantwortet, aber anders, als ich es erwartet hatte. Gott schenkte mir keine deutliche Aussprache, sondern ein Buch. Und in diesem Buch las ich: *Gott gebraucht Sprechbehinderte als Gehhilfe für unser Gehör.*

Seitdem ich das weiß, kann ich mich auch mit meiner Sprechbehinderung so annehmen, wie mich Gott geschaffen hat, selbst wenn es mir manchmal schwer fällt.

Wie willst du den Willen Gottes respektieren und danach handeln, wenn du Gott nicht danach fragst, was er von dir will? Manchmal musst du ein paar Mal nachfragen, wie bei einem Sprechbehinderten, den du nicht richtig verstanden hast. Gott und der Sprechbehinderte wiederholen es dir solange, bis du es wirklich verstanden hast.

Es kann passieren, dass du momentan überhaupt nicht begreifst, was Gott oder der Sprechbehinderte von dir will. Dann bitte doch einfach einen anderen um Hilfe. Manchmal hört jemand genauer hin oder versteht leichter als du selbst, weil er schon länger mit Sprechbehinderten kommuniziert.

Letzteres sollte jedoch nicht zur Gewohnheit werden, weil du dann nie lernst, Gott beziehungsweise den Sprechbehinderten selbst zu verstehen.

Eine Gehhilfe für unser Gehör kann nur etwas bei uns bewirken, wenn wir sie benutzen, sie auch ganz praktisch anwenden: Zuhören, verstehen lernen.

Gott verstehen, den Sprechbehinderten verstehen – das ist eine wunderbare Erfahrung.

Ungewöhnliche Begegnung

So, wie ich mit Jesus eine außergewöhnliche Begegnung hatte, begegnete mir auch der Satan auf ungewöhnliche Weise. Das hat eine Vorgeschichte.

Ich hatte mir sehnlichst gewünscht, eine Frau zu haben. Das ist einerseits menschlich, war aber andererseits eine große Schwachstelle von mir. Ich ließ keine Möglichkeit aus, um eine Frau zu finden – von der Partnervermittlung bis zu Annoncen.

Für die eine Frau war ich zu behindert, die nächste litt unter Depressionen und wollte mir das nicht zumuten. Eine andere verlangte, dass ich all meine Aktivitäten aufgebe und nur noch für sie da bin … Obwohl jedes neue Kennenlernen der »Frau fürs Leben« scheiterte, bin ich für die Erfahrungen dankbar.

Auch die große Enttäuschung durch das Nein der Frau, der ich meine Liebe gestanden hatte, war mittlerweile überwunden. Aber dennoch blieb mein Wunsch nach einer Partnerschaft in meinem Leben eine Priorität.

Eine Weile traf ich mich mit einer Freundin regelmäßig zum Bibellesen. Eines Abends erzählte sie mir von ihrem neuen Freund. Ich freute mich sehr für sie, weil ich lange dafür gebetet hatte, dass sie jemanden kennenlernte, der zu ihr passte.

Ich ging an jenem Abend normal ins Bett und schlief bald ein. Plötzlich in der Nacht tobte ein Sturm in meinem Schlafzimmer. Vor meinem Bett stand eine eigenartige Gestalt. Dieser Gestalt streckte eine

Hand aus, ergriff mein Herz und sagte: »Wenn du mir dein Herz gibst, schenke ich dir die schönste Frau.«

Mir war sofort klar, so etwas kann nur Satan einfallen. »Geh weg von mir, Satan! Ich diene Jesus!«

Es war ein harter Kampf. Immer wieder versuchte er, mein Herz aus meinem Körper zu reißen. Irgendwann verschwand er. Ich war total fertig, aber glücklich. Ich hatte der Versuchung Stand gehalten.

Am nächsten Tag sprach ich mit Freunden darüber. Dabei wurde mir klar: Solche Ereignisse geschehen selten, aber sie sind auch normal. Wir sind nicht mehr von dieser Welt, aber wir leben noch in dieser Welt. Deshalb gehört der Kampf von Mächten, von Gut und Böse, zum Leben dazu.

Inzwischen habe ich mit Gott vereinbart, dass eine Frau für mich nicht mehr dermaßen wichtig ist. Ich will und werde nicht mehr darauf bestehen. Mir ist es am wichtigsten, Gott zu dienen.

Und wenn er mir doch eine Frau schenken möchte, dann bitte nur eine, mit der ich ihm gemeinsam dienen kann.

Ein Lied für Roland

1996 war ich zum Bibelcamp auf Schloss Mansfeld und begeisterte die Teilnehmer mit meiner Fröhlichkeit. Daniel Lattorf, ein Musiker, war so ergriffen, dass er ein Lied schrieb und mir widmete. Da war ich doch zu Tränen gerührt.

Dieses Lied ist Roland Walter gewidmet.

Refrain: *Dieses kleine Lied sing ich für dich,*
denn du bist ein Freund für mich!
Ich seh' dich so gerne lachen,
will noch so vieles mit dir machen.
Singen, tanzen, fröhlich sein ...
Komm, wir laden auch andere dazu ein!

1. *Ich bewundere deinen Lebensmut,*
deine innere Kraft, die tut so gut!
Du bist ein ganz besonders heller Stern am Firmament!
Scheinst wie ein Wasser, das leise durch die Wüste rinnt.

2. *Woher bloß nimmst du deine Ideen?*
Merkst, wie viele Augen auf dich sehen.
Wenn du auch nicht so wie alle anderen bist,
sei dir gewiss, dass man dich irgendwann vermisst!

3. *Starker Glauben lässt dich leben,*
willst diese Hoffnung anderen geben.
Hast mir gezeigt, dass wenn ich kleine Schritte vorwärts geh',
ich eines Tages das helle Licht Gottes seh'!

Lampenfieber

Ich erinnerte mich genau an den 31. August 1997. Am nächsten Morgen sollte es erneut auf große Fahrt gehen. Diesmal nach Neede in Holland. Vor gut einem Jahr hatte ich mit der Organisation für diese Freizeit begonnen. Und nun stand der Startschuss bevor.

Aber meine Freude war mit Sorgen vermischt. Würde alles klappen, würden wir gut ankommen, uns als Gruppe gut verstehen?

Fragen über Fragen rasten durch meinen Kopf. Eigentlich brauchte ich mir gar keine Gedanken zu machen, versicherte ich mir selbst. Aus eigenen Erfahrungen wusste ich bereits, wie gut Gott alles in seiner Hand hat. Ich lehnte mich schließlich zurück und lachte, als mir das Datum auffiel. Genau vor zehn Jahren hatte alles begonnen, stellte ich schmunzelnd fest.

Wie die Zeit vergeht, wunderte ich mich nun am 31. August 1997. Vor zehn Jahren war die Idee an mich herangetragen worden, so viele Jahre stand ich schon im praktischen Freizeitdienst im Auftrag Jesu. Das bedeutet, zehn Jahre unterwegs im Namen des Herrn, zehn Jahre bergauf, bergab. Und immer, wenn ich ganz unten, ganz verzweifelt war, dann schickte mir Gott liebe Menschen, die sagen: »Wir brauchen dich, komm, mach weiter, Kopf hoch, wir helfen dir!«

Und morgen, lachte ich, morgen startet schon die 13. Freizeit unter meiner Regie. Aber bei jeder Freizeit holte das Lampenfieber mich wieder ein. Da war jedes Mal wieder eine Mischung von Freude, Hoffnung, Sorge, Spannung und Vertrauen.

Ich machte mir Mut: Bestimmt werden es wieder schöne und lustige Tage in Holland. Ganz bestimmt.

Die sorgenvollen Gedanken machten der Freude Platz.

Es wurde dann auch eine gelungene und lustige Freizeit. Aber das Lampenfieber wird mir wohl treu bleiben, denn es geht mir bis heute so vor jeder neuen Freizeit.

So kann es nicht mehr weitergehen

Meine Eltern fuhren in diesen Jahren mit mir quer durch Deutschland, um für mich ein neues Zuhause zu finden. Nach rund 300 Absagen wusste ich nicht mehr weiter. Es musste aber eine Möglichkeit geben, weil es meine Eltern meine Betreuung auf Dauer nicht mehr schaffen konnten.

Wir fuhren zum Sozialamt und erklärten, dass es nicht mehr so weiter gehen konnte.

»Ach, kein Problem! Wir werden was finden.«

»Na, da bin ich ja gespannt.«

Vier Wochen später mussten die Mitarbeiter des Sozialamtes gestehen, dass es keine Einrichtung für mich gab. Was nun?

Ich wandte mich an das MDR-Fernsehen und an das lokale Radio. Beide brachten eine Reportage über mich. Diese Reportage sah mein Freund Alfons im Fernsehen. Er rief mich an und erzählte mir von einem Assistenzmodell in Berlin. Er lud mich für eine Woche zu sich ein, damit ich mir selbst ein Bild machen konnte.

Ich nahm das Angebot an und war total begeistert.

Wieder zu Hause, sagte ich zu meinen Eltern: »Ich habe genau das gefunden, was ich gesucht habe.«

Klar, meine Eltern konnten sich das nicht vorstellen, wie auch? Obwohl ich gefunden hatte, was ich suchte, blieb der Zweifel, ob ich wirklich nach Berlin umziehen sollte. Man brauchte mich doch in Sachsen-Anhalt, was sollte aus INTRA werden?

Eine Freundin meinte: »Nun hör aber auf! Es geht um dich! Und jetzt denke mal nur an dich, nicht an die anderen.«

Steine auf dem Weg

Endlich hatte ich also das Assistenzmodell gefunden. Aber das Land Sachsen-Anhalt wollte mich nicht gehen lassen. Das schien viel zu teuer. Die Behörden waren der Meinung, dass die Behinderteneinrichtung in Öhrenfeld für mich ausreichen würde.

Also schalteten wir einen Anwalt ein. Die Angelegenheit war kompliziert und spitzte sich immer mehr zu. Jeden Tag mühselige Telefonate.

Schließlich war endlich absehbar, dass ich eventuell im September nach Berlin ziehen konnte. Für den August hatten wir jedoch schon lange eine Freizeit in Rumänien geplant und vorbereitet. Alle empfahlen mir nun, nicht nach Rumänien zu fahren, sondern zu Hause zu bleiben, um mit dem Anwalt zu kämpfen. Das war für mich unvor-

Mittendrin – beim Deutschen Ev. Kirchentag in Stuttgart, 1999

stellbar. Rumänien war so lange geplant, und ich hatte das Gefühl, dass Gott mich in Rumänien gebrauchen wollte.

Ich sagte: »Nein, ich fahre nach Rumänien. Wenn Gott will, dass ich nach Berlin gehe, dann wird er es auch ermöglichen.«

Alle erklärten mich für verrückt. »Wie kannst du das nur machen? Wie kannst du nur mitten im Kampf aufgeben?«

Ich blieb bei meiner Entscheidung und fuhr drei Wochen nach Rumänien. Es war eine gesegnete Zeit und ich spürte, dass Gott mich in Rumänien gebrauchte. Es war eindeutig klar. Ich hatte auch einen tiefen inneren Frieden.

Als wir nach drei Wochen wieder zurück waren, empfing mich meine Mutter mit den Worten: »Du hast eine Zusage aus Berlin, die übernehmen die Kosten für die Assistenz.«

Ja, so war der Weg nach Berlin nun frei.

Der Schritt nach vorne

Kurz darauf war es soweit. Alles war eingepackt. Morgen geht es ab nach Berlin, dachte ich, morgen ist der große Umzug. Ich war natürlich aufgeregt.

Die letzte Nacht im alten Haus brach an. Meine Mutter brachte mich ins Bett und meinte: »So, das ist die letzte Nacht. Ich wünsche dir, dass es mit der Assistenz klappt! Aber wenn es nicht klappt, dann kannst du nicht mehr hierher zurückkommen. Dann muss irgendwas anderes gefunden werden.«

Der erste Abend in Berlin war ungewohnt, aufregend, alles neu. Der Umzug war vollbracht – manches auch schon ausgepackt. Und nun war ich mit dem Assistenten allein. Und mit meinen Gedanken: Was machte ich nur? Wie geht es weiter?

Nach einem halben Jahr waren meine Eltern richtig stolz auf mich, dass ich diesen Schritt gewagt habe. Ich war selbstständig. Ich war in Berlin angekommen und das Leben mit Assistenz gelang.

Zu Weihnachten fuhr ich zu meinen Eltern. Es war ein komisches Gefühl. Plötzlich war ich bei meinen Eltern zu Besuch. Hier war nicht mehr mein Zuhause. Eine merkwürdige Empfindung.

Gleichzeitig war ich stolz und glücklich: Ich habe es geschafft. Ich lebe selbstständig. Ich habe mich abgenabelt von meinem Elternhaus. Und meine Eltern waren stolz auf mich.

Als ich wieder nach Berlin fuhr, war ich glücklich. Ich fuhr nach Hause.

Neue Wege mit alten Erfahrungen

In Berlin angekommen, merkte ich schnell, dass man von Berlin aus eine Organisation in Sachsen-Anhalt nicht gut leiten kann. Ich stand vor der Wahl, entweder in Sachsen-Anhalt weiter zu wirken, also zurückzukehren, oder in Berlin etwas Neues zu beginnen. Im Gebet wurde mir schnell klar, Gott hatte mich nach Berlin geholt, mir die Wege geebnet. Und er wollte, dass ich hier wirkte.

Also trat ich von allen Funktionen bei INTRA und beim CVJM zurück.

Mir lag es weiter am Herzen, für einsame Menschen Freizeiten anzubieten. Was lag da näher, als mich mit meinen INTRA-Erfahrungen bei dem Verein »Gemeinschaft der Roller und Latscher e. V.« (Roller steht für Behinderte, Latscher für Nichtbehinderte) in Berlin zu engagieren. Zunächst stieß ich auf Ablehnung: »Was will der hier? Er hat keine Ahnung. Der ist behindert, der kann eh nichts zustande bringen.«

Leider erlebte ich oft, dass gerade behinderte Menschen anderen Menschen mit Behinderungen nichts zutrauen. Schade! Das erlebe ich bis heute hier und da.

Doch ich ließ mich nicht entmutigen. Mir war es wichtig, bei Schwierigkeiten und Gegenwind nicht wegzulaufen, sondern mir selbst treu zu bleiben. Und ich glaube, das war eine gute Haltung, die alle Skeptiker überzeugte. Jedenfalls hat es dann bei der »Gemeinschaft der Roller und Latscher« funktioniert. Man hat sich auch kurz darauf bei mir entschuldigt.

Wenige Monate später bat man mich, für den Vorstand zu kandidieren. Gefragt, getan und gewählt. Inzwischen fühle ich mich dort wohl und habe gute Freunde gefunden. Neben der Öffentlichkeitsarbeit und der Technik kümmere ich mich auch wieder um die Organisation und Durchführung von Freizeiten. Ich bin wieder in meinem Element.

Manchmal hilft es, die Dinge von einer anderen Seite zu betrachten, 2005

Die Entfaltung meines Lebens

Ich hatte bei meinen Eltern jede Freiheit genossen. Trotzdem würde ich jedem empfehlen, nicht zu lange im Elternhaus wohnen zu bleiben. Ich bin erst mit 37 Jahren ausgezogen.

Zwei Jahre später hatten sich bei mir Dinge und Gewohnheiten entwickelt, an die ich vorher nie zu denken gewagt hatte. Ich bin glücklich, dass ich mehr und mehr aus mir herausholen konnte.

Es fing damit an, dass ich meine Wohnung farbenfroh gestaltete. Auch meine Kleidung wählte ich farbenfroher. Nicht mehr nur blau und grau.

»Beim Blau und Grau sieht man nicht so, wenn du sabberst«, war das Argument meiner lieben Mutter gewesen.

Das stimmte schon. Aber so extrem ist es bei anderen Farben auch wieder nicht, zeigte die Erfahrung, als ich mich weniger eintönig kleidete.

Zugegeben, ich muss alle zwei Tage etwas Frisches anziehen. Na und?

Ich habe auch gewagt, im Sommer kurze Hose und kein Unterhemd anzuziehen.

»Was sollen denn die Leute denken? Du bist doch behindert«, wären garantiert die Worte meiner Mutter gewesen.

Da kann ich heute nur sagen: »Na und?«

So verrückt, wie ich nun mal bin, habe ich auch eine Zeit lang meine Haare gefärbt. Als ich meine Eltern besuchte, bekam meine Mutter einen Lachanfall. Immerhin konnte ich sie erheitern – das ist doch was!

So liebevoll eine Mutter auch sein mag, dieses Spannungsfeld gibt es immer: Die Mutter weiß es besser. Ich möchte das nicht negativ bewerten. Jede Mutter meint es auf ihre Art gut. Dennoch möchte ich mit diesen Beispielen zeigen, dass man der eigenen Entwicklung im Wege stehen kann, wenn man es versäumt, rechtzeitig aus dem Elternhaus auszuziehen. Genauso ist es wichtig, dass auch eine liebevolle Mutter irgendwann ihr Kind loslassen kann, wenn es erwachsen geworden ist.

An dieser Stelle möchte ich natürlich nicht verschweigen, dass es vielen Menschen mit Behinderungen bei den Eltern besser geht als in einem Pflegeheim – nicht weil das Pflegepersonal keine gute Arbeit leistet, sondern weil der Personalschlüssel zu knapp bemessen ist. Selbst der beste Pfleger hat nur zwei Hände und kann nicht bei drei Menschen gleichzeitig sein.

Ich muss genauso sagen, dass ein Leben mit Assistenz, wie ich es in Berlin führe, nicht für jeden und nicht für alle Fälle geeignet ist. Es kommt eben immer auf den Einzelfall an.

Die Behauptung, das Leben mit Assistenz sei zu teuer, muss differenziert betrachtet werden. Natürlich kostet das viel Geld. Rechnet man aber die Einsparungen der Medikamente dagegen und betrachtet man, dass ein Leben mit Assistenz gleichzeitig Arbeitsplätze schafft, abgesehen davon, dass es meine Lebensqualität erhöht, dann kann kaum noch von überhöhten Kosten gesprochen werden.

Mithilfe der Assistenz kann ich Referate halten. Deshalb werde ich bundesweit angefragt. Ich glaube, ich brauche Ihnen nicht zu erklären, dass ich ohne Assistenz die Anfragen nicht annehmen könnte. Daraus resultiert: Ohne Assistenz wäre ich total unterfordert.

Der Kampf geht weiter

Tja, wie bekommt man überhaupt Assistenz? Zuerst erstellt man einen Assistenzplan, um sich selbst klar zu werden, wie viele Stunden Assistenz pro Tag benötigt werden. Dabei listet man alle Tätigkeiten von morgens bis abends beziehungsweise nachts auf. Diese müssen auch medizinisch begründet und nachvollziehbar sein.

Mit dieser Vorlage stellt man beim zuständigen Sozialamt einen »Antrag auf Hilfe zur Pflege«. Bei einem Hilfebedarf von bis zu 14 Stunden am Tag verläuft die Bearbeitung des Antrages meist unproblematisch. Liegt der Hilfebedarf aber über 14 Stunden Assistenz, wird es oft schwieriger und die Bewilligung kann unter Umständen erst durch eine Klage durchgesetzt werden.

Als ich bereits ein halbes Jahr in Berlin war, kam ein Brief vom Bezirksamt, dass die Assistenz doch zu teuer sei. Ich sollte mir innerhalb von zwei Monaten einen Heimplatz suchen. Für mich brach die Welt zusammen. Ich sorgte mich: Wie geht mein Leben weiter? Wie kann es weitergehen? Wo ist mein neues Zuhause?

Die Lage war sehr ernst. Viele Menschen haben für mich gebetet. Es entstand eine regelrechte Gebetsbewegung. Auch das »Bündnis für selbstbestimmtes Leben« kämpfte an meiner Seite. Wir organisierten Demonstrationen und besetzten das Bezirksamt. Der »ambulante dienste e. V.« schaltete das ARD-Magazin »Monitor« ein. Es wurde eine Reportage gedreht. Der Sendetermin war bekannt. Gespannt saßen viele vor dem Fernseher, aber die Reportage wurde nicht gesendet.

Enttäuscht und entrüstet riefen mich viele an. Ich konnte ihnen glücklich mitteilen, dass der Beitrag aus der Sendung genommen werden musste, weil am Nachmittag der Bescheid des Bezirksamtes aufgehoben worden war. Das war natürlich gut für mich. Es war aber auch schade, dass die Fernsehzuschauer nun nicht die im Beitrag vorgesehenen Informationen über das Assistenzmodell bekommen hatten.

In dieser heißen Phase hatte ich eine Reise nach Ägypten geplant. Wieder meinten alle, die Reise müsse ich natürlich abblasen, um für die Rücknahme des Bescheides zu kämpfen. Ich sagte: »Nein. Ich vertraue auf Gott. Er wird es machen.«

Er hat es auch wieder wunderbar gemeistert. Trotzdem muss ich zugeben, dass ich kurz vor einem Nervenzusammenbruch stand.

Das Leben mit Assistenz ist nicht immer einfach, aber es ist schön. Es ist nach meinen Erfahrungen das beste Modell, um trotz schwerer Behinderung in freier Selbstbestimmung leben zu können. Deshalb lohnt es sich, dafür zu kämpfen.

Das Leben mit Assistenz

Nun lebe ich seit September 2001 in Berlin in einer eigenen Wohnung mit täglich 20 Stunden Assistenz. Die Assistenten assistieren bei der Körperreinigung, im Haushalt und bei der Begleitung zu kulturellen Unternehmungen. Aber ich als Assistenznehmer entscheide selbstständig und gebe die Anweisungen an die Assistenten. Das bedeutet für den Alltag, dass ich selbstständig planen muss: Was gibt es morgen zu Mittag? Wann soll welcher Bereich sauber gemacht werden?

Mit anderen Worten: Die Assistenten sind nicht mein Kopf zum Denken, sondern nur meine verlängerten Arme und Beine.

Natürlich lernen meine Assistenten im Laufe der Zeit meine Gewohnheiten kennen, sodass ich nicht immer alles zu erklären brauche. Trotzdem muss ich selbst dafür sorgen, dass regelmäßig das Bett abgezogen wird, dass der Kühlschrank nicht leer ist, und an all die anderen alltäglichen Aufgaben denken, die ein eigener Haushalt mit sich bringt.

1981 hatten Menschen mit und ohne Behinderung den Verein »ambulante dienste e. V.« gegründet, um Schwerbehinderten – also Assistenznehmern wie mir – ein selbstbestimmtes Leben in einer eigenen Wohnung zu ermöglichen. Der Assistenznehmer soll selbst bestimmen können, wie er seinen Tagesablauf gestaltet, wer ihm assistiert, wie etwas geschehen soll.

Deshalb legt »ambulante dienste« großen Wert darauf, dass die Assistenznehmer nicht bevormundet werden. Dabei ist man im Laufe der Jahre in einen Zwiespalt geraten. Einerseits muss der Verein den gesetzlichen Anforderungen einer Sozialstation gerecht werden, andererseits will »ambulante dienste« die Selbstbestimmung der Assistenznehmer aufrecht erhalten.

Um ein selbstbestimmtes Leben zu ermöglichen, kommen die Assistenten aus den unterschiedlichsten Bereichen. Sie bewerben sich bei »ambulante dienste«. Nach dem Einstellungsgespräch absolvieren sie einen zweiwöchigen Kurs, bei dem sie Wichtiges über Hygiene, Arbeitsschutz, Hebetechnik und so weiter lernen. Danach können sie bei verschiedenen Assistenznehmern arbeiten.

Wenn die Assistenten nach einiger Zeit einen (oder mehrere) Assistenznehmer gefunden haben, der ihnen sympathisch ist, können sie dort im Team fest arbeiten. Es besteht aber auch die Möglichkeit, dass die Assistenten weiterhin als so genannte Springer oder im Bereitschaftsdienst arbeiten.

Mir wurden von »ambulante dienste« verschiedene Assistenten vorgestellt. Angefangen habe ich mit einem Team von 13 Assistenten. Es war von vorneherein klar, dass ich nicht alle Assistenten behalten würde. Aber ich musste ja erst mal sehen, mit wem ich zurechtkommen konnte und mit wem nicht.

Ich finde es nach wie vor gut, dass sowohl Assistenten als auch Assistenznehmer sagen können: »Mit dir komme ich nicht klar.«

Wenn die Chemie nicht stimmt, ist es besser, sich zu trennen. Innerhalb der ersten vier Wochen kann man sich von heute auf morgen trennen, danach besteht eine Kündigungsfrist von sechs Wochen.

Heute habe ich ein Team von neun Assistenten.

Gut am Leben mit Assistenz finde ich, dass ich als Assistenznehmer entscheiden kann, wer wann, wie und wo bei mir arbeitet. Einmal im Monat treffe ich mich mit meinem Team. Dann erstellen wir den Dienstplan für den kommenden Monat und besprechen Probleme. Ich kann als Assistenznehmer entscheiden, in wie vielen Schichten gearbeitet wird und von wann bis wann eine Schicht dauert.

Angefangen hatte ich mit drei Schichten pro Tag. Später habe ich es umgestellt auf zwei Schichten, weil das für meinen Tagesablauf besser war.

Es ist schön, wenn man sich mit den Assistenten gut versteht und manches fröhlich gemeinsam unternimmt. Trotzdem sind Assistenten keine Freunde, sondern Angestellte. Sicher läuft auch vieles wie zwischen Kumpeln. Aber man muss auch klare Grenzen setzen und für eigene Freiräume sorgen. So habe ich in der Küche eine Assistentenecke eingerichtet, damit ich im Wohnzimmer zum Beispiel ungestört arbeiten oder Andacht halten kann.

Gelernt habe ich so manches durch die Praxis, den Alltag. Das Leben mit Assistenz ist zwar sehr schön, aber man muss die Begabungen der einzelnen Assistenten herausfinden, weit vorausplanen und gleichzeitig sehr flexibel bleiben.

Ich hatte herausgefunden, dass einer meiner Assistenten wunderbare Eierkuchen backen konnte. Ich plante meine Mahlzeit: Er hat morgen Dienst, also gibt es Eierkuchen. Doch dann fiel er wegen Krankheit aus. Also musste ich umdisponieren.

Flexibel sein ist nicht nur beim Mampfen wichtig, auch im Haushalt, bei Unternehmungen, Ausflügen.

Fällt ein Assistent wegen Krankheit aus, rufe ich den Bereitschaftsdienst von »ambulante dienste« an. Dieser telefoniert zuerst mein Team durch, ob jemand einspringen kann. Ist das nicht der Fall, wird ein Assistent geschickt, den ich vielleicht noch nie gesehen habe. Das ist einerseits ziemlich blöd, weil ich ihm oder ihr alles erklären muss, andererseits finde ich es immer wieder interessant, die unterschiedlichsten Menschen kennenzulernen.

Mein Umgang mit Menschen sollte sich natürlich nicht nur auf die Assistenten beschränken. Ich war nach Berlin gekommen, weil hier dieses Lebensmodell möglich wurde, aber in der Stadt gab es ja mehr als nur meine Wohnung und meine Assistenten.

Der Weg zur neuen Gemeinde

Ich war schon eine Weile in Berlin und auf der Suche nach einer Kirche, einer Gemeinde. Als Christ sehnte ich mich nach dem Austausch und der Gemeinschaft mit anderen Christen.

Zuerst besuchte ich die Dorfkirche in meiner Nähe, eine landeskirchliche Gemeinde. Die Gemeinde war mir zu lahm, zu verstaubt. Ich dachte: Na ja, du probierst es noch einmal … aber wieder kam ich zum gleichen Ergebnis.

Dann versuchte ich es in einer anderen nahe gelegenen Kirchengemeinde. Die Gemeinde war schon lebendiger, aber irgendwie auch zu autonom, mir fehlte die menschliche Wärme. Nicht das »geistliche Zuhause«, das ich gesucht hatte.

Eines Tages fuhr ich in Lankwitz spazieren und entdeckte den Schaukasten einer freikirchlichen Gemeinde. Ich dachte beim Betrachten: Das fühlt sich gut an. Da gehst du einmal hin.

Aber nächsten Sonntag war ein gemeinsames Mittagessen nach dem Gottesdienst angekündigt, sah ich dann. Nein, entschloss ich mich, das mache ich nicht, wer weiß, was das für Typen sind? Ich gehe erst eine Woche später.

Ich wartete also eine Woche und besuchte dann den Gottesdienst. Ich wurde herzlich begrüßt. Es kam mir vor, als sei ich schon ewig Teil der Gemeinde. Die Musik war lebendig, die Predigt tief greifend. Das gefiel mir.

Vera, sie kam mir wie ein Engel vor, kümmerte sich um mich und lud mich zu einer Weihnachtsfeier am gleichen Nachmittag ein.

»Ich bin doch neu, ich kann doch nicht gleich zur Weihnachtsfeier kommen«, wehrte ich ab.

»Doch«, meinte Vera. »Ich kümmere mich um dich.«

So war ich am Nachmittag bei der Weihnachtsfeier dabei und wurde auch gleich in einen Hauskreis eingeladen.

Aber wie das so ist: Auch in dieser Gemeinde hatten viele Menschen Hemmungen, wussten nicht, wie sie mit mir umgehen sollten. Es hat lange gedauert, bis ich Freunde gefunden habe. Ich musste den ersten Schritt tun und begann, E-Mails zu schreiben. Später lud ich einzelne Leute einfach zum Essen ein. Nach und nach wurde so das Eis gebrochen.

Ich hatte meine geistliche Heimat gefunden.

Ein paar Monate später kam ich mit dem Pastor Martin ins Gespräch. Ich fragte ihn, ob ich eine Predigt schreiben durfte, die jemand anderer dann vorlesen würde.

Martin meinte: »Nein, warum? Das kannst du doch selber. Kopier den Text auf eine Folie zum Mitlesen, und dann kannst du selbst predigen.«

Gesagt, getan. Es war ein toller Erfolg und seitdem predige ich öfter. Damals mit Folien und Projektor, heute mit Powerpoint und Beamer.

Auf einer Gemeindefreizeit, 2009

Bald wurde mir klar, warum mich Gott nach Berlin und in die Petrusgemeinde geführt hatte. Gott möchte, dass ich trotz meiner Behinderung sein Wort predige.

»Es ist mir ein Anliegen, dass Menschen mit Behinderung zu uns in die Gemeinde finden«, sagte ich bei einer anderen Gelegenheit zu meinem Pastor.

Martin teilte mein Anliegen und meinte, ich sollte mich doch mal an das »Perspektivforum Behinderung« der Evangelischen Allianz wenden.

Schnell entdeckte man dort meine Fähigkeiten, zu predigen und Vorträge an verschiedenen Orten zu halten. Aber wie sollte das praktisch aussehen? Mit einer Sprechbehinderung vor einer Versammlung reden?

Klar ging das! Der technische Aufwand, Projektor oder Beamer, war gering und fast überall an den Veranstaltungsorten sowieso vorhanden. Ich konnte den Text auf Powerpoint mitlaufen lassen oder Folien mitbringen. Auch durch das Perspektivforum wurde mir klar: Gott möchte mich immer mehr herausfordern.

Es wurde deutlich, dass die Predigten und Vorträge mehr Gewicht bekommen würden, weil die Zuhörer oft erstaunt waren, dass ein Mensch mit Sprechbehinderung referieren kann. So war ich bald und bin ich noch heute viel unterwegs, um Predigten und Vorträge zu halten. Über Behinderung, aber auch über völlig andere Themen.

Bei einem Vortrag bei dem »Perspektivforum« der Evangelischen Allianz fiel einem Regisseur vom Fernsehen meine Fröhlichkeit auf. Er fragte mich, ob ich in eine Talkshow seines Senders ERF Medien kommen würde.

»Na klar, warum auch nicht? Aber wie verstehen die Zuschauer meine undeutliche Aussprache, wenn es um eine Talkshow geht? Da kann ich ja nicht vorher die Powerpoint-Präsentation herstellen.«

»Genau das ist der Grund, warum Menschen mit Sprechbehinderungen nicht in Talkshows eingeladen werden«, gab der Regisseur zu. Trotzdem wollte er das Experiment wagen. Die Technik konnte schließlich Untertitel einblenden.

So machten wir uns an die Arbeit. Nachdem der Inhalt klar war, drehten wir zwei Tage in Berlin eine kleine Dokumentation über mein Leben, die für das Rahmenprogramm der Talkshow gedacht war. Das hat Spaß gemacht. Es war für mich nicht neu, denn ich hatte ja schon mit einigen Fernsehsendern zu tun gehabt.

Die Aufregung setzte erst ein, als ich nach Wetzlar zur Sendung fuhr. Das erste Mal live im Fernstudio!

In der Nacht im Hotel schlief ich kaum. Das Lampenfieber stieg. Die Gedanken kreisten mal wieder: In wenigen Stunden bin ich auf der Bühne. Werden mir die richtigen Worte einfallen? Wird man mich verstehen?

Ich sag's doch: Ich bin ein König der Lebensfreude! 2009

Nach dem Frühstück ging es zum ERF. Letzte Absprachen wurden getroffen. Anschließend schob man mich in die Maske. Dann ging es los ins Studio. Überall Scheinwerfer, Kameras, jede Menge Menschen.

Die Sendung begann. Nach wenigen Minuten legte sich meine Aufregung. Und als ich dann richtig in Fahrt war, war schon alles vorbei.

Wieder drehten sich Gedanken im Kreis: Hatte ich alles gesagt? Waren meine Worte verständlich angekommen?

Jedoch beruhigte ich mich schnell, denn das ganze Team war total begeistert.

Die Talkshow fand auch bei den Zuschauern große Resonanz. Seitdem werde ich an vielen Orten besser akzeptiert. Außerdem bemüht man sich mehr, meine undeutliche Aussprache zu verstehen.

Meine Erfahrungen mit Assistenz

Im Jahr 2005 war ich nach wie vor sehr dankbar, dass ich mit Assistenz leben durfte, und war auch unverändert der Ansicht, dass diese Lebensform für mich die geeignete war. Allerdings hatte ich bereits auch die Erfahrung machen müssen, dass es auf Dauer nicht gut war, wenn ein Assistent zu oft in der Woche oder im Monat bei mir arbeitete. Obwohl ich meine Assistenten mochte, wurde es mir wichtig, auf Distanz zu achten.

Wer mich kennt, weiß, dass ich für Ratschläge dankbar bin, aber Besserwisserei überhaupt nicht mag. Das galt auch für mein Leben mit den Assistenten. Wenn ich mir etwas kaufte, achte ich zunächst darauf, dass es mir gefiel, dass es für mich praktisch war. Zwar hatte mein Assistent recht, wenn er beispielsweise meinte: »Warum hast du auf dieses und jenes nicht geachtet?«

Doch es nervte, dass er solche Kommentare bei jeder Schicht wiederholte. Hier wurde es mir wichtig, auf Distanz zu achten.

Ein weiteres Beispiel. Ein Assistent fragte fast vorwurfsvoll: »Musst du denn jeden Sonntag in die Kirche fahren? Da müssen wir immer so früh anfangen!«

Solche Erlebnisse haben mich dazu bewogen, zwar weiterhin nett zu den Assistenten zu sein, aber doch insofern strenger zu werden, dass ich meine Entscheidungen nicht rechtfertigen muss. Letzteres führte dazu, dass ich mich von einer Assistentin trennte und zwei Assistenten bei mir kündigten. Inzwischen habe ich zwei neue Assistenten, die sehr nett sind.

Das Jahr 2006 brachte viele personelle Änderungen. Die Hälfte meiner Assistenten haben in diesem Jahr aus verschiedenen Gründen aufgehört. Obwohl ich mich jedes Mal umgewöhnen musste, hatte es doch den Vorteil, dass ich flexibel blieb. Letzteres tat und tut gut.

Auch 2007 haben viele meiner Assistenten aus verschiedenen Gründen aufgehört, zum Teil auch langjährige Begleiter. Es tut schon etwas weh, sich nach sechs Jahren von Menschen zu trennen, mit denen man gerne zusammengearbeitet und so manches erlebt hat.

Doch wieder konnte ich sehr nette Assistenten finden und war glücklich über mein neues Assistententeam. Ein neues Team, das traumhaft und sehr flexibel war. Die neuen Assistenten brachten frischen Wind mit und inspirierten mich neu. Dadurch habe ich 2007 den Bezug zum Sport und zur Kultur wieder neu entdeckt. Das führte dazu, dass ich bis heute wieder mehr ins (Tanz)Theater, Kino oder zu anderen Veranstaltungen gehe beziehungsweise fahre.

Im Frühjahr 2008 fühlte ich mich von Assistenten eingeschränkt, die seit Anfang an bei mir waren. Es war gut, dass sie mir viele Jahre assistiert hatten. Aber nach meinem Auszug aus dem Elternhaus hatte sich bei mir sehr, sehr viel verändert. Ich lebte viel selbstständiger und setzte andere Prioritäten als am Anfang.

So trennte ich mich von den »alten Hasen«. Das fiel mir nicht leicht, denn ich wollte ihnen nicht wehtun. Trotzdem bin ich heute froh, dass ich diesen Schritt gewagt und auch durchgezogen habe.

Ich bin so dankbar, dass ich auch für diese »alten Hasen« wieder guten Ersatz gefunden habe. Ich suche die Assistenten seit 2008 nach anderen Kriterien aus also zuvor. Seitdem läuft es besser. Ich fühle mich freier und kann meine Aktivitäten besser wahrnehmen.

Im Jahr 2009 blieb mein Assistententeam stabil. Es ist allerdings normal, dass pro Jahr ein bis zwei Assistenten aufhören. Das Leben ist eben schneller geworden und die Menschen wechseln auch viel eher Wohnort, Beruf, Aufgaben, als es früher üblich war.

Erfreulich war 2009, dass eine Assistentin nach drei Jahren Babypause zurückkam. Wir hatten beide erst Bedenken, ob es wieder und weiter gut gehen würde. Hatten wir uns verändert? Bestimmt. Aber es klappte super, als hätte es die Pause nicht gegeben.

Beim Fußballspielen mit meinem Patenkind Jakob, 2004

Auch 2010 haben sich meine Kriterien, wonach ich inzwischen Assistenten aussuchte, positiv bestätigt. Neu bewusst geworden ist mir, dass mein Leben, meine Vorhaben, stets im Vordergrund stehen müssen. Denn so gut man auch mit den Assistenten klarkommen mag – irgendwann gehen sie. Aber mein Leben bleibt.

Manchmal sind Probleme zu bewältigen, aber es gibt auch lustige Erlebnisse mit Assistenten. Langweilig wird es jedenfalls nie. Ein paar Beispiele: Es kam ein neuer Assistent. Er war Rumäne, sein Deutsch war gebrochen. Er fragte mich, ob ich auf Toilette muss. Ich sagte: »Nein.«

Nach zehn Minuten fragte er wieder. »Nein!«

Nach zehn Minuten erneut. »Nein!«

Ich dachte, na der ist aber nervig! Er fragte alle zehn Minuten. Nach anderthalb Stunden meinte er: »Aber ich mach mir doch gleich in die Hose.«

Da begriff ich, dass er mich ständig gefragt hat, ob *er* auf Toilette gehen durfte. Oje, das war peinlich.

Ich war mit einer Assistentin verreist, das Bad war so klein, dass sie mir vor dem Bad schon die Hose runterziehen musste. Der Rollstuhl passte gerade so durch die Tür. Es dauerte etwas länger, bis die Assistentin den Rollstuhl durch die schmale Öffnung bugsiert hatte. Ich meinte nach einiger Zeit als Scherz: »Lass dir Zeit, in die Hose kann es nicht mehr gehen.«

Ich war in einem Supermarkt einkaufen und bat den Assistenten, Erbsen aus dem Regal zu nehmen. Er guckte mich an und meinte: »Hä?«

Ich erklärte: »Ich sagte Erbsen.«

Der übermüdete Assistent sah mich an und sagte wieder: »Hä?«

Ich wiederholte: »Erbsen!«

Der Assistent: »Ich verstehe immer nur Erbsen!«

»Na klar, meine ich doch!«

Träume gehen in Erfüllung

Dank der Weiterentwicklung der Technik gingen viele meiner Träume in Erfüllung.

Manchmal war ich traurig, wenn ich andere filmen sah. Irgendwann erzählte ich das einem Freund. Gemeinsam begannen wir zu basteln. Nach und nach entstand ein brauchbares Stativ. Ich fing an zu filmen. Schnell sammelte ich Erfahrungen und meine Videos wurden immer professioneller. Ich konnte bald damit andere Menschen erfreuen.

»Du kannst Videos zu bestimmten Themen online bei YouTube ins Internet stellen«, schlug eines Tages eine Assistentin vor.

»Hm, meinst du?«

»Klar.«

Ich probierte es. Die Resonanz war überwältigend. Seitdem drehe ich in unregelmäßigen Abständen Videos zu unterschiedlichen Themen.

Auch meine Freude an der Fotografie wurde durch die technischen Fortschritte möglich. Ich fand eine Spiegelreflexkamera, die ich mit einem Fernauslöser bedienen konnte. Ich war total happy, endlich selbst fotografieren zu können.

Ich las Fachliteratur und experimentierte viel herum. Manchmal ließ ich mich auch selbst fotografieren. Die Fotos wurden überraschend gut. Viele Freunde motivierten mich, mit den Fotos an die Öffentlichkeit zu gehen. Als ich sie im Internet hochgeladen hatte, bekam ich überwältigende Resonanz und Angebote für Fotoausstellungen. Das gab mir neuen Mut, weiter zu lernen und zu experimentieren.

Auch ich werde nicht jünger. Heutzutage verkrampfe ich schnell, wenn ich viel am Computer tippe. Das ist teilweise sehr schmerzhaft in den Schultern. Dank meiner guten Physiotherapeutin bekommen wir es immer wieder einigermaßen hin.

Die Referate wurden immer mehr. Alles selbst zu tippen, schaffte ich nicht mehr. Saß ein Assistent beim Diktieren neben mir, war ich zu sehr abgelenkt. Der Assistent fragte nach, weil er etwas nicht verstanden hatte. Manchmal versuchte der Assistent auch, etwas besser zu formulieren. Das störte und half nicht wirklich. Was tun? Gab es eine Alternative? Plötzlich kam die Idee: ein Diktiergerät. Das klappte super. Ich diktierte mein Referat auf das Diktiergerät, und die Assistenten tippten es hinterher ab.

Klar kam es auch weiterhin vor, dass die Assistenten hier und da ein paar Wörter nicht verstanden. Dann wurde die Stelle mit Punkten ersetzt und ich fügte beim Überarbeiten ein, was ich gesagt hatte. Und manchmal war es auch amüsant zu lesen, was die Assistenten verstanden hatten – etwas ganz anderes, als ich gesagt hatte.

Mit meinem Freund Manfred, 2007

Insgesamt ist das Diktiergerät für mich eine große Hilfe. Ich spare pro Referat mehr als fünf Arbeitstage ein.

Vom Training bis zur Bühne

Wer mich kennt, weiß, dass ich davon fasziniert bin, was man mit dem Körper alles machen kann. Wie man ihn zu verformen und zu verbiegen vermag. Daher ist Performance für mich etwas Traumhaftes.

Eines Tages meinte jemand zu mir: »Ich habe dir einen Flyer vom Tanz für Rollstuhlfahrer mitgebracht.«

Na gut. Das Werbeblatt lag bei mir lange Zeit eher unbeachtet herum, fiel mir aber immer wieder in die Hände. Nach Monaten wagte ich den Schritt, zum genannten Treffpunkt zu gehen, und war angenehm überrascht. Musik erklang, man ließ seinen Bewegungen freien Lauf. Eine Tänzerin kam auf mich zu. Wir berührten uns, spürten unsere Körper. Sie entfernte sich wieder. Ich gab Acht auf meine körperlichen Empfindungen und bewegte mich dabei auf einen anderen Tänzer zu ... ich war happy. Hier durfte ich sein, wie ich bin, hier konnte ich mich ausprobieren. Das tat mir gut.

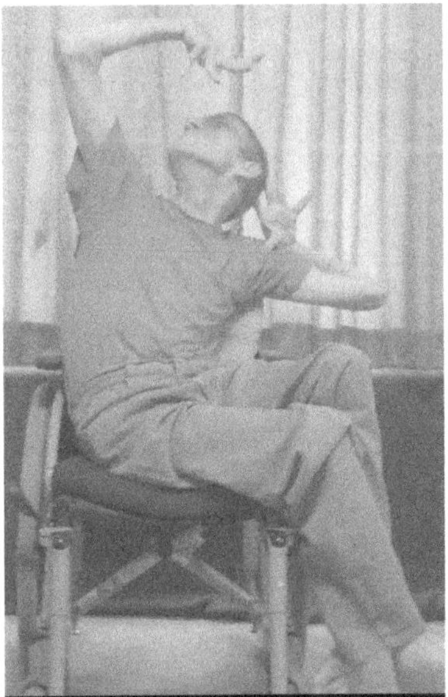

Mein Ding: Tanz-Performance, 2011

Ein paar Monate später hatten wir unseren ersten Auftritt. Es war ein toller Erfolg. In der Zwischenzeit hatte ich bereits ein paar Workshops absolviert. Und immer wieder wurde mir bestätigt: In mir steckt mehr.

Bald begann ich, ein eigenes Solostück zu entwickeln. Ich hatte dabei das große Glück, dass einer meiner Assistenten Musiker ist. Schnell entwickelte sich eine fruchtbare künstlerische Zusammenarbeit zwischen ihm und mir.

Kurze Zeit später konnte ich Menschen u. a. in Budapest, Berlin und im Schwarzwald mit meiner Darbietung mehrmals begeistern. Ich war glücklich, dass ich nicht nur selbst Performance tanzen kann, sondern auch eine weitere Möglichkeit habe, andere damit zu erfreuen. Mein Körper ist eine schöne Schöpfung. Und ich freue mich, dass ich das auch mit den Mitteln des Tanzes zum Ausdruck bringen kann.

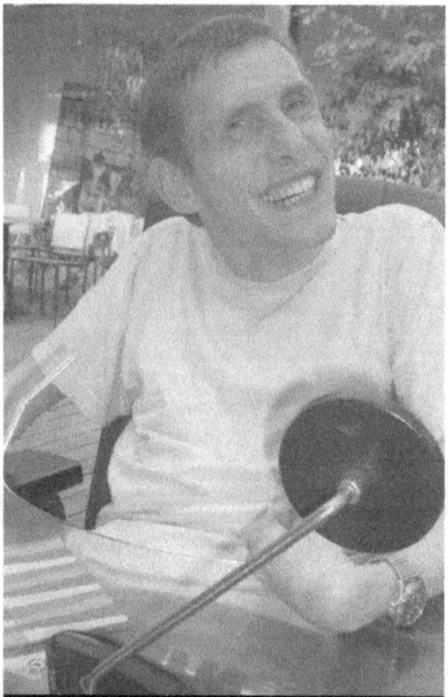

So sieht ein Mensch aus, den Gott liebt! 2006

Ich bin zufrieden

Ich wurde immer wieder gefragt, warum ich nicht den Arzt für den Fehler bei der Entbindung verklagt habe. Mal ehrlich, was würde mir das bringen? Vielleicht ein paar Euro. Aber wäre ich dann glücklicher?

Glücklich ist der, der sich so annimmt, wie er ist; derjenige, der aus seinem Leben das Beste macht. Klar erlebe ich auch Tage, an denen ich morgens im Bett liege und denke: »Warum muss ich jetzt wieder den Assistenten rufen? Warum kann ich nicht einmal einen Tag mit mir ganz allein verbringen?«

Ja, es ist oft belastend, ständig auf Assistenz angewiesen zu sein. Trotzdem bin ich zufrieden, weil ich den Menschen dienen kann. Ich kann ihnen zeigen, dass nicht alles selbstverständlich ist im Leben. Dass es nicht selbstverständlich ist, wenn man laufen oder deutlich sprechen kann. Dadurch lernen Nichtbehinderte wieder Dankbarkeit und Geduld.

Dahinter steckt ein Geheimnis. Wir wissen alle, dass wir uns umschauen, was der andere kann beziehungsweise hat. Da hilft auch die alte Platte wenig: *Es kommt nicht darauf an, was du nicht kannst, sondern was du kannst.* Selbst wenn wir die Platte auf CD brennen, ändert sich der Inhalt nicht.

Warum wir immer auf andere schauen, ständig vergleichen, weiß ich nicht. Das wird uns Gott spätestens im Himmel erklären. Aber weil es nun mal so ist, wäre es vielleicht hilfreich, wenn wir schauen, was der andere nicht hat. Nicht aus Schadenfreude, sondern aus Dankbarkeit: wie schön ich doch geschaffen bin.

Und noch etwas: Wenn ich erkannt habe, was der andere nicht kann beziehungsweise nicht hat, dann kann ich mir auch überlegen, womit ich ihn bereichern, beschenken kann, ihm eine Freude bereiten oder ihm mit meinen Gaben dienen. Dabei schaue ich von mir weg. Und ich bekomme mehr zurück, als ich gebe.

Warum? Ganz klar. Teilen macht reich!

Eine ganz wichtige Frage stellt sich wohl jeder von uns früher oder später. *Wer bin ich? Was macht meine Person aus?* Manchmal hilft es sogar über Enttäuschungen, Probleme und Sorgen hinweg, sich das zu fragen.

Wer bin ich?

Oft habe ich mir diese Frage gestellt: Wer bin ich?

Wer bin ich?

Diese Frage ist wichtig!

Ich bin ein Mensch mit Behinderung. Ein Mensch, der täglich rund um die Uhr auf Assistenz angewiesen ist.

Aber darüber bin ich weder traurig, noch verzweifelt. Sondern ich habe mein Leben so angenommen, wie es ist. Natürlich gibt es auch immer wieder Zeiten, in denen man eine andere Person sein, in eine andere Haut schlüpfen möchte. Doch genau das geht nicht!

Mit großem Schmerz habe ich akzeptiert, dass ich mit Sicherheit keine Familie haben werde, und demzufolge auch keine eigenen Kinder. Aber was gibt es für Alternativen?

So kam ich eines Tages auf die Idee: Okay, ich kann keine eigenen Kinder haben, aber ich kann doch ein Patenonkel werden. Also habe ich zu Gott gebetet: »Okay, eigene Kinder geht nicht, aber schenk mir doch bitte Patenkinder.«

Drei Monate später kam die erste Anfrage. Heute habe ich drei Patenkinder.

Aber trotzdem: Wer bin ich?

Ich bin eine fröhliche Person, die mit der Fröhlichkeit andere anstecken kann. So bin ich für viele ein Segen. Und so mancher fragt mich um Rat.

Wer bin ich? Ich bin ein Geschöpf Gottes, ein Geschöpf, das mit seiner Fröhlichkeit den Himmel auf die Erde holt. Ja, ich bin ein Christ. Ich glaube an Gott und Jesus regiert in meinem Leben. Aber ich bin nicht der Missionar, der anderen den Glauben aufzwingen will. Nein, ich biete Freizeiten an, damit sich Menschen ungehindert begegnen können. Niemand wird unter einen »Bekehrungsdruck« gebracht. Ich bin dankbar für das Leben und dankbar, dass ich Gott und den Menschen dienen kann. Jesus hat die erste Stelle in meinem Leben. Alles andere muss sich unterordnen.

Ein Beispiel will ich geben. Ich habe in den 90er-Jahren Fernschach gespielt. Die Züge gingen mit Postkarten hin und her. Ein solches Spiel dauerte innerhalb Europas ein bis zwei Jahre. Eine Partie außerhalb Europas konnte bis zu sechs Jahre andauern.

Mitte der 90er-Jahre bekam ich die Anfrage, beim CVJM die Internetarbeit aufzubauen. Beides war mir zu viel: Internetarbeit und Fernschach zu spielen. Jesus ist für mich der Mittelpunkt. Wenn er mich braucht, dann hat das Priorität. So habe ich schweren Herzens das Schachspielen aufgegeben, um die Internetarbeit aufzubauen.

Ein anderes Beispiel: Ich lernte eine Rollstuhlfahrerin kennen. Wir waren verliebt ineinander, aber ich merkte, dass sie mich zu sehr für

An der Jerusalemer Klagemauer, 2007

sich vereinnahmte. Es ging nur um sie. Ich kam in der Beziehung kaum vor. Ich habe die Beziehung aufgegeben, um Jesus zu dienen.

Neulich fragte mich jemand, warum ich mein Leben nicht »christlich« lebe. Was mochte er für Vorstellungen haben, wie das aussehen müsste? Ich denke schon, dass ich mein Leben christlich lebe, aber anders als andere. Ich glaube, und da bin ich mir sicher, die Fröhlichkeit ist meine Gabe, um den Himmel auf die Erde zu holen. Dazu fällt mir ein Erlebnis in der Bibelschule ein: Matthias wollte eine Woche in eine Bibelschule nach Bad Freienwalde fahren, aber er wollte nicht alleine dorthin. Er fragte mich, ob ich mitkommen würde. Na klar – warum auch nicht? Wir fuhren los nach Bad Freienwalde. Dort angekommen fanden wir ein großes Gelände vor. Eine Bibelschule – sehr fromm! Man muss sich das vorstellen wie in einem Kloster. Alles nach sehr frommen Regeln. Viele festgelegte Gebetszeiten, morgens, mittags, abends. Beim Essen durfte man nicht miteinander reden. Wir hatten eine intensive Zeit. Aber irgendwie war es mir alles zu fromm. Eines Mittags war es wieder ruhig, aber ich musste lachen. Ja, ich musste lachen – und alle schauten mich ziemlich entsetzt an. Da stand die Oberin auf, sah zu mir hinüber und meinte: »Er hat begriffen, dass der christliche Glaube lebendig ist. Roland hat mir gezeigt, wie der Glaube an Gott lebendig werden kann.«

Ja, ich bin chaotisch, und gleichzeitig gläubig. Wie gesagt, was sich manche Menschen unter einem »christlichen Leben« vorstellen, das weiß ich nicht und das mag ich mir vielleicht noch nicht einmal vorstellen. Vermutlich recht schauderhaft.

Der fröhliche König

Bei König Roland ist es inzwischen Abend geworden. Er sitzt noch am Computer und chattet mit Leuten. Roland möchte auch auf diesem Weg den Menschen Freude schenken. Jetzt ist Schluss für heute, denkt König Roland und schaltet den Computer aus. Danach lässt er sich von seinem Assistenten auf das Sofa setzen. Der Assistent stellt dem König die Trinkhilfe mit Wasser hin, zündet ein Teelicht an und schaltet die Musikanlage ein. Roland lehnt sich entspannt auf dem Sofa zurück und lauscht der Musik. Langsam wandert sein Blick auf das Teelicht. Von der Flamme des Teelichts eingefangen, leuchten seine Augen. König Roland lässt seine Gedanken schweifen.

Eigentlich bin ich gar kein König. Ich bin ein armer Behinderter, der ständig auf fremde Hilfe angewiesen ist. Aber nein. Roland schmunzelt. Ich bin doch ein König. Meine Krone ist meine Fröhlichkeit und mein Königreich ist die Freude am Leben. Und positiv gesehen sind die Assistenten meine Diener, liebe Menschen, die es mir ermöglichen, ein selbständiges Leben zu führen. Ja, ich bin glücklich, weil ich andere mit meiner Fröhlichkeit anstecken kann. Und wer froh und glücklich ist, ist ein König.

Roland nimmt einen Schluck Wasser und freut sich. Ich habe sogar ein eigenes Bett. Wie viele Menschen haben kein Bett? König Roland ruft seinen Assistenten: »Ich geh jetzt ins Bett.« Voller Freude lässt sich der

König ausziehen und ins Bett legen. Ach ist das schön, ein eigenes Bett zu haben. Ich bin reich, ich bin ein König.

Doch bevor König Roland einschläft, singt er im Herzen noch ein Lied.

Danke, du hast mich angenommen

Danke, du hast mich angenommen,
danke, o Herr, so wie ich bin.
Ich darf auch heute zu dir kommen,
denn ich bin dein Kind.

Danke, ich hab' gesunde Hände.
Danke, ich halt' mich fest damit.
Gib, dass ich mich zu dir wende,
Herr, auf Schritt und Tritt.

Danke, dass ich den Rollstuhl habe,
danke, dass ich beweglich bin.
Lenke auf jede gute Gabe
dankbar meinen Sinn.

Danke, ich kann noch etwas sehen,
danke, o Herr, fürs Augenlicht.
Lass mich mit jedem Blinden gehen,
dem es daran gebricht.

Danke, ich kann noch etwas sprechen,
danke, dass man mich versteht.
Ich möcht' mit jedem Stummen reden,
der meist abseits steht.

Danke, du gabst mir auch zwei Ohren,
danke, ich höre damit gut.
Hilf, dass ich meinen Nächsten höre,
wenn er »Hilfe« ruft.

Danke, dass ich noch Anteil nehme,
danke, dass ich noch schmunzeln kann.
Danke, wenn ich's vergessen sollte,
erinn're mich daran.

Danke, für das, was mir geblieben,
danke, auch wenn es wenig ist.
Ich hab' mir's hinters Ohr geschrieben,
weil man's sonst vergisst!

(Nach der Melodie »Danke für den guten Morgen«.)

Anhang

Die offizielle Bezeichnung meiner Behinderung lautet »Spastische Tetraplegie mit Athetosen, gekoppelt mit einer schweren Sprachstörung«.

Was bedeuten diese Begriffe?

Spasmus – Unwillkürliche Muskelzusammenziehung, selten einzeln, vielmehr meist in Form von aufeinander folgenden Krämpfen vorkommend.

Tetraplegie – Tetraplegie ist die Folge einer Schädigung des Rückenmarks auf Höhe der Arme, des Rumpfes und der Beine. Ist das Rückenmark auf Höhe des vierten Halswirbelkörpers und höher betroffen, muss der Patient künstlich beatmet werden. Denn dort entspringt der Nerv, der das Zwerchfell, unseren Hauptatmungsmuskel, versorgt. Ein Tetraplegiker ist in der Regel auf fremde Hilfe in den täglichen Verrichtungen angewiesen. Umso mehr, je höher die Schädigung am Halsrückenmark liegt.

Athetosen – Als Athetose bezeichnet man unwillkürliche wurmförmige, langsame Bewegungen, vorwiegend distal an den Extremitäten. Typische Ursachen sind perinatale Hirnschädigungen wie etwa durch Neugeborenengelbsucht (*Icterus neonatorum*). Übergänge zu den Dystonien (Bewegungsstörungen) und zu choreatischen Störungen sind fließend.

Was ist die Ursache meiner Behinderung?

Bei meiner Geburt kam es zu Sauerstoffmangel, weil ich in der Gebärmutter gedreht werden musste. Dabei sind Gehirnzellen abgestorben. Durch das Fehlen bestimmter Zellen kommt es zu einer Lähmung und/ oder unkontrollierten Bewegungen.

Was sind die praktischen Auswirkungen?

Ich kann alles bewegen, aber alles unkontrolliert. Will ich meine Hand zum Mund führen, gelingt mir das mit großer Konzentration. Habe ich in der Hand einen Löffel, kommt meine Hand nicht zum Mund. Ich kann mich nur auf eine Sache konzentrieren. Hebe ich die Hand mit Löffel hoch, achte ich darauf, dass mir der Löffel nicht aus der Hand fällt. Die zweite Bewegung, die Hand zum Mund zu führen, habe ich nicht unter Kontrolle. Die Hand beziehungsweise der Arm flattert durch die Gegend. Hier machen sich die Athetosen bemerkbar. Fazit: Ich kann mich nur auf eine Bewegung konzentrieren. Während dessen sind alle anderen Bewegungen unkontrolliert.

Beispiele

Konzentriere ich mich darauf, gezielt die Tasten meiner Tastatur zu treffen, verliere ich die Kontrolle über meine Beine, die Sitzhaltung und meinen Speichelfluss.

Aufgrund der zunehmenden Schwerhörigkeit gelingt es mir immer weniger, beim Arbeiten, Essen oder anderen Tätigkeiten zuzuhören.

Dass ich beim Essen oft husten muss, kommt daher, weil ich beim Kauen das Ventil zwischen Speichel- und Luftröhre nicht unter Kontrolle habe. So rutscht das Essen häufig in die Luftrohre.

Das Falten von Papier wird bei mir krumm und schief und ist mit großer Anstrengung verbunden, weil beide Hände gleichzeitig zum Einsatz kommen.

Beim Schreiben einer SMS läuft mein Speichel wie ein Wasserfall. Mit einer Hand muss ich das Mobiltelefon halten und mit der anderen gezielt tippen.

Zerkleinerung der Speise

Durch die Lähmung der Zunge kann ich das Essen nicht an die Seite schieben und mit den Backenzähnen zerkleinern. Ich kaue nur unter dem Gaumen oder mit den Schneidezähnen. Letzteres ist auch der Grund, warum ich beim Kauen den Kopf hochhalte, damit das Essen nicht heraus fällt.

Weil ich meist unter dem Gaumen kaue, meide ich unterwegs Äpfel, Apfelsinen und andere Früchte. Sie müssen mit dem Multiboy breiartig zubereitet werden. Ansonsten schlucke ich die Happen ganz herunter, was der Magen nicht annimmt.

Da ich als Kind trotzdem Rohkost essen musste, obwohl ich die Nahrung nicht klein bekam, ist mir der Appetit vergangen.

Der Spasmus ist täglich unterschiedlich: Befällt er meine Zunge, bin ich schlecht zu verstehen. Zieht der Spasmus meine Magenmuskeln zusammen, kann ich nicht aufstoßen. Das bedeutet, die Luft, die beim Essen mit in den Magen kam, kann nicht entweichen. Dadurch entsteht ein Druck. Und dann passiert es häufig, dass ich mich übergeben muss.

Hat sich der Spasmus zur Abwechslung meine Blase ausgesucht, kann ich kein Wasser lassen. Dann muss ich eben nach einer Stunde noch mal die Toilette aufsuchen.

Beeinflusst der Spasmus die Außenmuskeln des Oberschenkels, hat der Spastiker O-Beine, das heißt, die Knie sind nach außen gebeugt. Bei mir hat sich der Spasmus für die Innenmuskeln entschieden. Daher reiben sich meine Knie und ich habe X-Beine.

Weitere Informationen & Links

Mehr von und über Roland Walter: www.roland-walter.de, http://www.youtube.com/watch?v=WLU5LBYp9YQ

In der Fernsehsendung „Hof mit Himmel: Spastisch gelähmt“ von ERF Medien erzählt Roland Walter von seiner Behinderung und der Freude am Leben (24. Januar 2009, 27:23 Minuten): http://www.erf.de/index.php?PHPSESSID=8c9c1d39f64d00c7c11abef1976c44ce&node=67&content_item=136#67/136

www.rollerundlatscher.de

www.perspektivforum.org

www.beb-ev.de

www.gub.ch

www.christ-und-behinderung.at